책은 망치다

지극한 독서의 즐거움이 만드는 삶의 기적

책은 망치다

펴낸날 2018년 9월 20일 1판 1쇄

지은이 황민규
펴낸이 김영선
교정·교열 이교숙, 이라야
경영지원 최은정
디자인 최치영
마케팅 PAGE ONE 강용구
홍보 김범식

펴낸곳 (주)다빈치하우스-미디어숲
주소 경기도 고양시 일산서구 고양대로632번길 60, 207호
전화 (02)323-7234
팩스 (02)323-0253
홈페이지 www.mfbook.co.kr
이메일 dhhard@naver.com (원고투고)
출판등록번호 제2-2767호

값 14,800원
ISBN 979-11-5874-041-2

이 도서의 국립중앙도서관 출판예정도서목록(CIP)은 서지정보유통지원시스템 홈페이지(http://seoji.nl.go.kr)와 국가자료공동목록시스템(http://www.nl.go.kr/kolisnet)에서 이용하실 수 있습니다.(CIP제어번호: CIP2018027464)

책은 망치다

지극한 독서의 즐거움이 만드는 삶의 기적

황민규 지음

미디어숲

차례

2 작가에게 배운다

[삶을 바꾸는 독서 기술]

4 | 어떤 책을 읽을 것인가

[삶을 바꾸는 독서 기술]

에필로그

"책을 통하여 지식을 얻는 것은 사소한 것이요, 지혜를 찾는 것은 훌륭한 일이며, 행복을 구하는 것은 위대한 일이다."

사람은 자신이 읽은 대로 만들어지고, 책에서 만난 세상의 크기가 자기 세계의 크기이다. 책을 통해 즐거움을 얻고, 마음의 상처를 치유하고, 지식을 얻는 일차원적인 독서가 아닌 지혜를 넘어 자신의 행복한 삶을 위한 계단이 되어야 한다.

책 읽기는 우리 모두가 중요하다는 것을 알고 있지만 우선순위에서 항상 뒤로 밀리기 십상이다. 어렸을 때부터 귀가 따갑도록 들어왔지만 실행으로 옮기는 일은 쉽지 않다. 막상 손에 잡더라도 졸음이 쏟아지거나 급히 할 일이 생각나 진중하게 책 읽기에 몰입할 수가 없다. 더구나 스마트폰의 확산으로 책은 우리에게서 더 멀어진 느낌이다. 하지만 우리는 분명히 알아야 한다. 파피루스, 양피지를 사용하기 이전부터 인공지능과 로봇으로 대표하는 지금까지 인류의 삶을 발전시키고 지탱해온 것은 책의 힘이란 것을.

위대하고 특별한 소수 사람들만의 이야기가 아니라 동서고금을 막론하고 성공한 사람들과 꿈을 이룬 사람들 곁에는 항상 책이 있었다. 생각하는 대로, 꿈꾸는 대로 만들어줄 수 있는 힘을 책은 가지고 있다. 고난과 역경을 이겨낼 수 있는 용기를 주며, 좌절과 고통의 벽을 성공의 계단으로 만들 수 있는 지혜를 주는 위대한 힘을 가진 것이 책이다.

무엇보다도 책은 독자의 옹졸한 마음을 넉넉하고 큰 그릇으로 만들어준다. 책을 읽으면 자신의 작고 못난 그릇이 날마다 깨어지고 크고 단단한 그릇으로 변해가는 것을 느낄 수 있을 것이다. 자신의 한계라고 정해놓은 기준이 불합리하다는 것을 깨닫게 될 것이다. 삶의 굴레에서 빠져나갈 수 없다고 좌절하는 여러분에게 등불이 되고 희망을 보여준다. 책을 읽는다는 것은 결국 생각의 한계, 습관, 삶의 굴레를 깰 수 있는 힘이다.

책은 망치가 되어 자신을 얽어매고 있는 고정관념과 습관을 깨뜨리는 것을 도와준다. 또한 그 위에 희망의 새싹이 자라도록 물을 주고 보살피는 역할이 독서다. 책을 읽는다는 것은 자신의 삶을 옭아매고 있는 부정적인 생각과 행동을 긍정적이고 미래지향적인 삶으로 바꾸는 것이다. 망치가 파괴의 도구이자 창조의 연장인 것처럼 책은 자신의 한계, 습관, 굴레를 깨는 도구이자 꿈, 성공, 행복을 창조하는 연장이 되는 것이다.

『책은 망치다』는 책의 본질에 대해서 말하고 있다. 책이 주는 힘은 엄청나지만, 정작 추상적인 말 한마디로 끝나고 마는 경우가 많다. '책 속에 답이 있다'라는 말을 듣지만 정작 우리는 책에서 답을 찾기가 힘들다. 또한 왜 책에 답이 있는지 설명하는 책도 없다. '작가의 영혼은 위대하다'라고 하는데 그 근거는 무엇인지…, 그래서 필자만의 방식으로 책, 작가, 독자라는 독서의 3요소를 만들고 그 힘을 설명하고 제대로 활용할 수 있는 지혜를 주고 싶었다. 필자는 책의 한계나 기준을 없애고, 세상의 상식과 생각하는 방법을 변화시키고 싶었다. 진리라고 믿었던 것들이 누군가의 개똥철학에서 나왔을 수도 있음을 말하고 싶었다. 이 모든 것을 이해한다면 독자는 진정한 자유를 얻을 수 있을 것이다. 환경이나 타인에게 속박되지 않고 자신의 의지에 따라 멋진 삶을 살 수 있게 하는 것이 이 책의 목적이기도 하다.

책은 진실로 위대하다. 이 책을 읽으면 추상적으로만 이해했던 책의 힘을 온몸으로 느낄 수 있을 것이다. 책, 작가, 독자를 제대로 이해하면 올바르게 읽는 방법을 찾을 수 있고, 독서와 삶의 궁극적 목표인 행복을 찾고 만들어가는 데 디딤돌이 될 것을 믿어 의심치 않는다.

이 책은 즐거움으로 읽는 책이 아니다. 지식과 지혜를 얻는 책도 아니다. 독자의 한계를 깨고, 고정관념을 깨고, 삶의 굴레를 깨는 망치의 역할을 할 수 있기를 원한다. 그 깨달음으로 독서에 정진한다면 그보다 더한 기쁨은 없을 것이다.

책은 불평등한 세상에 기회의 균등이란 역할에 마지막 남은 보루이다. 자신의 한계나 굴레를 깨뜨릴 뿐만 아니라, 꿈을 이루기 위한 사다리가 될 수 있는 최고의 수단이다. 책이 망치가 되어 여러분의 삶이 변화되는 기적이 일어나길 기대하는 마음이다. 또한 이 책이 여러분을 변화시키고 성장시키는 동력이 되길 희망한다.

지은이 **황민규**

한두 권의 책으로 자기도 몰라볼 정도의 급격한 변화가 일어나지는 않는다.
펌프질로 처음 끌어올리는 물이 바로 마실 수 있는 청정한 물이 아니듯
독서도 펌프질처럼 거듭되어야 한다.

1 책으로 답답한 삶을 깨뜨리다

1 책은 희망으로 가는 열린 문이다

'여기 들어오는 자 희망을 버릴지어다.' 단테의 『신곡』지옥편에 나오는 문구이다. 우리가 통념상 알고 있는 고통과 괴로움만 있는 곳이 지옥이 아니라 '희망' 없는 곳이 지옥이라는 개념정리이다. 역으로 천국은 화려하고 비경(祕境)으로 가득 찬 곳이 아니라 작은 소망과 희망이 있는 곳이 천국이라는 해석도 가능하다.

프랑스 작가로 노벨문학상을 수상한 모리스 마테를링크는 『파랑새』라는 작품에서 희망이란 아주 가까이 있다고 말한다. 가난한 틸틸과 미틸이 희망의 파랑새를 찾아 헤매지만 그토록 찾고 싶었던 파랑새는 자신들의 집 새장 안에 살고 있었다는 것이다.

단테가 말하는 희망이 없으면 지옥이라는 것과, 모리스 마테를링크가 말하는 희망이 우리 주위에 있다는 말에는 다소 거리감이 느껴질 수도 있지만 희망은 우리 주변에 있고 그곳이 천국이라는 말로 의미가 통한다. 희망은 어떠한 위험에도 아랑곳하지 않고 전진할 수 있는 힘을 준다. 막연했던 삶의 목적을 분명하게 일깨워주고 성취할 수 있는 원동력도 불어넣어 준다. 암담했던 오늘의 현실을 내일의 꿈으로 뒤바꿔주는 역할을 담당하기도 한다.

> 희망이란 본래 있다고도 할 수 없고 없다고도 할 수 없다. 그것은 마치 땅 위의 길과 같은 것이다. 본래 땅 위에는 길이 없었다. 한 사람이 먼저 가고 걸어가는 사람이 많아지면 그것이 곧 길이 되는 것이다.

중국의 모택동이 존경했던 문학가 겸 사상가인 루쉰이 『고향』에서 표현한 말이다. 앞서간 사람들이 시행착오 끝에 닦아놓은 길은 바로 우리에게 희망이 된다. 앞서간 사람들의 좌절과 상실을 공유하고 그들의 해법을 받으면 유익하다. 오프라 윈프리의 삶이 그것을 보여준다.

그녀는 1954년 미시시피 주에서 가난에 찌들고 부모가 누구인 줄도 모르는 사생아로 태어났다. 9세 때 사촌에게 성폭행을 당하고 마약에 빠지는 등 절망에 빠진 어린 시절을 보냈다. 자기 힘으로는 도저히 빠져나올 수 없는 환경을 벗어나기 위해 그녀는 책을 손에 들었다. 책만이 그녀의 유일한 안식이 되었고 어떠한 어려움 속에도 희망은 있다고 그녀를 위로해 주었다. 책 속 등장인물들을 통해서, 작가들이 겪고 생각하고 깨달은 것들과 그들이 걸어온 길, 실패한 길, 성공한 길 등 다양한 길들을 만나고 따라 걸으면서 그녀는 위안을 받았다. 혼자 걸을 때는 힘들고 외로웠던 길을 먼저 가본 작가들의 얘기를 들으며 자신도 무엇인가를 해낼 수 있고 변화될 수 있다는 희망을 가진 것이다.

그녀는 1986년부터 25년간 TV 토크쇼의 여왕으로 불리고 있다. 미국 CBS-TV에서 '오프라 윈프리 쇼'를 5,000회 진행하였고, 세계 140개국에서 방영된 최고의 인기 쇼로 방송됐다. 이후 그녀는 하포주식회사를 창립하고 잡지, 인터넷, 케이블 TV 등을 거느린 대기업의 회장까지 되었다. 그녀의 성공담은 인생의 성공 여부가 온전히 개인에게 달려 있다는 '오프라이즘'을 탄생시키기도 했다. 오프라 윈프리는 자신의 성공이 어디에서 왔는지 정확하게 직시했다.

　책은 제 인생에 가능성이 있다는 것을 보여주었어요. 책은 세상에 저와 똑같은 사람들이 많이 있음을 알게 해주었고, 책은 저로 하여금 선망하는 사람들을 올려다볼 수만 있는 게 아니라, 나 자신이 그 자리에 오를 수도 있다는 사실을 보여주었어요. 책 읽기가 제게 희망을 주었습니다. 저에겐 책이 희망이었습니다.

누구도 가지 않았던 길을 만들며 간 사람, 없던 길을 내면서 걸었던 사람들이 쓴 책이 오프라 윈프리를 이끌었고 이제 그녀는 또 다른 사람들 앞에서 걷고 있다. 그녀는 자신의 경험을 바탕삼아 책을 썼을 뿐 아니라 자신이 터득한 희망 잡는 법을 전하고자 자신의 프로그램에서 책을 소개하고 있다. 그녀가 소개하는 책은 단번에 베스트셀러에 오를 만큼 영향력을 발휘하는데 그만큼 책에서 희망을 보려는 사람들이 많은 것으로 간주된다.

오프라 윈프리가 어릴 적 겪은 고통과 시련은 우리 주위를 맴돌다가 교차되거나 직렬식 때로는 병렬식으로 우리의 현실이 된다. 끝없이 좌절하기도 하고 실패 앞에 무릎을 꿇어야 하는 상황과 맞닥뜨리기도 한다. 절망이 물밀듯 밀려오면 어느 곳을 쳐다봐도 싸늘한 시선만 가득하고 암담한 상황이다. 지독한 고독이 정신까지 병들게 해 우리 몸조차 스스로 지탱할 수 없는 혼란에 빠지게 만든다. 너무 심한가. 그러나 부정할 수 없는 현실이다. 그렇다고 낙담할 필요는 없다.

절망 속에서 희망을 보는 혜안이 필요하다. 위기(危機)의 한자가 '위기'와 '기회'를 동시에 나타내므로 위기는 기회가 되는 셈이다. 흔히 말하길 한 사람의 인생에서 기회는 세 번 온다고 한다. 기회가 지금 자신의 머리 위를 지나가고 있을 수도 있다. 기회를 잡는 방법을 터득하고 싶다면 먼저 기회가 지나가고 있음을 볼 수 있는 눈을 길러라. 그 처방이 바로 독서다.

책 속에 숨어 있는 보석을 발견하고 자신의 것으로 만드는 행위가 책 읽기다. 책은 희망으로 가는 길을 밝혀준다. 한 권 두 권 읽을 때마다 희망은 커지고 절망은 작아진다. 책은 어두운 삶을 밝은 희망으로 만들어줄 수 있는 최고의 수단이다. 대단한 노력이 필요하지도 않다. 생활에 피해를 줄 만큼 많은 시간을 요구하지도 않는다. 조금이라도 희망의 빛을 찾을 수 있는 수준이면 족하다. 그렇게 책 읽기가 시작되는 것이다. 책을 읽은 시간과 노력이 쌓이다 보면 자신도 모르게 독서 시간이 늘어간다. 책은 그 어느 것보다 평안과 위로를 줄 뿐만 아니라 희망이라는 큰 선물을 준다. 책 속에 있는 위대한 거인들을 날마다 만나는 기쁨을 누리고 절망을 희망으로 만드는 지혜를 얻어야 한다. 차멀미를 하지 않으려면 멀리 내다보는 것이 좋듯, 미래를 멀리 내다보고 희망을 얻기 위해서는 과거를 깊이 이해해야 한다.

"사과 속의 씨앗은 셀 수 있지만 씨앗 속의 사과는 셀 수 없다"라는 말이 있다. 한 권의 책을 읽는다는 것은 자신의 가슴속에 희망의 씨앗 하나를 심는 것과 같다. 씨앗이 자라 커다란 열매를 맺을 수도 있고, 커다란 나무가 되어 누구나 쉴 수 있는 자리가 될 수도 있다. 책은 하나의 씨앗이며, 희망이며 미래다. 소중하게 가꾸어 원하는 대로 살아갈 수 있는 힘으로 만들어야 한다.

희망이 그리운 시대다. 자신의 환경이 삶의 굴레가 되고 한계가 절망이 되는 세상이다. 그냥 남들 따라 살다가는 자신의 굴레에서 벗어나기도 어렵고 자신의 한계를 깰 수도 없다. 루쉰이나 오프라 윈프리의 말처럼 책은 희망으로 가는 길을 밝혀준다. 책 읽기를 멈추지 않아야 한다. 한 권 두 권 읽을 때마다 희망은 커지고 절망은 작아진다. 책을 읽는 시간과 노력을 쌓다 보면 그 누구도 건네지 못하는 평안과 위로를 선물로 받아 희망을 품게 될 것이다.

2 우리에게는 책이라는 마중물이 있다

'마중물 한 바가지.' 펌프질을 해서 얻은 물을 사용하던 시절, 지하수를 끌어올리는 데 결정적인 역할을 한 것은 마중물 한 바가지였다. 땅속 깊은 곳에 있는 물을 끌어올리는 펌프는 한동안 펌프질을 하지 않으면 파이프 속의 물이 모두 빠져버린다. 물을 다시 사용하려면 펌프질을 해야 하는데 이때 꼭 필요한 것이 마중물이다. 파이프 속 공기를 빼내면서 펌프의 압력을 높이는 효과를 가지고 있어 아무리 깊이 있는 물이라도 샘솟게 한다. 그래서 펌프 옆에는 늘 마중물 한 바가지가 놓여 있었는데, 이것은 펌프에서 나온 물을 받아 다음 펌프질을 할 때 쓰려고 예비하는 것이다.

지하수라는 특징 때문에 처음 올라오는 물은 흙탕물이지만, 펌프질을 계속할수록 맑고 투명한 물이 콸콸 뿜어져 나온다. 이 물은 생명수 같아서 가족 모두 마시고 사용하는 물, 일상에서 사용할 물, 가축이나 텃밭 식물들에게 사용할 물 등으로 유용하게 쓰였다. 한 바가지의 마중물에서 비롯된 경이로움이다.

책은 망치다

이 시점에서 우리는 우리의 삶과 영혼을 위한 마중물 한 바가지를 구하고 싶어진다. 그로 인해 자신의 삶이 변화되고 발전하고 성장할 수 있기를 간절히 바라는 것이다. 다람쥐 쳇바퀴 돌듯 반복되는 일상에서 벗어나는 시원함을 원하는 것일지도 모른다. 또한 진정한 자아를 발견할 수 있는 기회로 삼을 수 있거나, 자신이 갖고 있는 고정관념이나 가치관이 답답하게 느껴질 때 새로운 계기를 마련해 줄 마중물 한 바가지가 없음에 갈증을 느낄 수 있다.

법정 스님의『홀로 사는 즐거움』라는 책을 읽었다. 이 책은 스님이 우리 바로 곁에 앉아 삶이 무엇이고 행복이 무엇인지 나직한 목소리를 속삭여주는 듯하다.

진정으로 내 것이 있는가, 죽어서 가지고 갈 수 있는 내 것이 무엇이란 말인가. 아무것도 없으며, 단지 선한 행동으로 남은 체취는 영원히 남기 때문에 힘써 살피라. 또한 이 세상은 우리들의 필요를 위해서는 풍요롭지만 탐욕을 위해서는 궁핍한 곳이다.

책 속에 담긴 법정스님의 철학은 이전까지 우리가 목표로 삼았던 것들과 추구했던 가치들이 내 이기심과 욕심에서 비롯된 것이라는 깨달음을 준다. 이에 더해 아주 훌륭한 인생 나침반 역할도 한다. 생각이 바뀌면 행동이 바뀌고 행동이 바뀌면 운명이 바뀐다. 생각을 좀 바꿨더니 행복이 보이기 시작하고 운명이 달라지기 시작했다.

여기서 나는, 우리의 삶과 영혼의 행복한 마중물은 독서라고 기꺼이 말하고 싶다. 앞에서 언급했다시피 마중물 자체는 이전에 했던 펌프질로 얻은 물이다. 그 물이 새로 끌어올리는 물을 마중 나가듯 펌프 속으로 들어가 새롭고 창조적인 물을 끌어올리는 것이다. 독서도 마찬가지다. 우리보다 먼저 겪고 체험하고 생각한 저자의 삶과 지혜를 마중물로 독자인 우리의 삶이 변화되고 성장할 수 있도록 돕는 것이다.

물론 한두 권의 책으로 자기도 몰라볼 정도의 급격한 변화가 일어나지는 않는다. 펌프질로 처음 끌어올리는 물이 바로 마실 수 있는 청정한 물이 아니듯 독서도 펌프질처럼 거듭되어야 한다.

이 세상에서 고생하지 않고 얻을 수 있는 것은 없다. 그러나 남이 고생하여 이룩한 것을 쉽게 얻을 수 있는 것이 있는데 그게 바로 독서다. _소크라테스

살아가다 보면 어떤 작은 계기로 인생이 변화되는 순간이 온다. 흔히 인생의 전환점이라고 부르며 생각지도 못한 일에서, 그리고 우연히 오는 경우가 많다. 다양한 전환점의 요인들 속에서 단연코 책이 다섯 손가락 안에 꼽힐 것이라고 믿는다. 종종 언론매체의 유명 인사들의 인터뷰를 보면 한 권의 책이 자기 삶을 현재로 이끌었다는 기사를 본다. '내 인생의 책'이라는 제목으로 책을 소개하기도 한다.

그만큼 책은 우리의 삶과 영혼의 마중물이다. 자신의 삶을 바꾸고 영혼을 새롭게 하는 창조의 마중물. 펌프가 아무리 좋아도 지하수를 끌어올릴 수 있도록 마중 나갈 물이 꼭 필요한 것처럼 우리의 정신을 새로운 곳으로 인도할 마중물이 필요하다. 자신을 둘러싸고 있는 삶의 굴레에서 벗어나려 해도 자신이 가진 소소한 지식과 경험으로는 어렵다.

만약 좋은 변화의 기회라도 생긴다면 그것은 행운이다. 하지만 우리에게는 행운의 네 잎 클로버가 아닌 행복의 세 잎 클로버가 더 중요하다. 행운은 잠깐이고 우연하게 찾아오는 것이지만 행복은 지속적이고 언제나 얻을 수 있는 가치이기 때문이다. 그런 행복은 세 잎 클로버처럼 쉽게 찾을 수 있다. 바로 책을 옆에 두는 것이다. 책이 행복을 찾는 사람들의 마중물이 될 수 있기 때문이다.

책은 어디서나 쉽게 만날 수 있는 만큼이나 작은 변화의 마중물을 때때로 선사해 준다. 자신의 삶과 영혼을 변화시키기 위한 마중물을 얻기 위한 최고의 방법이다. 어찌 보면 책을 읽는 것은 남이 고생하여 평생에 이룬 것을 한 순간에 뺏어 오는 행위라고도 말할 수 있다. 공식적으로 인정받은 가장 훌륭한 도둑질인 셈이다.

또한 책은 자신의 잠재능력을 끌어올리는 마중물이 되기도 한다. 땅속 깊은 거대한 물줄기를 끌어올리는 마중물처럼 자신의 재능과 꿈을 일깨우는 마중물로 쓰일 수 있다. 한 바가지의 마중물이 하루 종일 사용할 물을 공급해 주는 것과 같이 한 권의 책이 행복한 삶의 마중물이 될 수 있다. 유한한 시간과 공간 속에서 모든 것을 체험해서 배우는 것은 불가능하다. 시간과 공간을 초월하여 삶과 세상에 대해 이야기하는 책이 우리 삶과 영혼의 마중물이 되는 이유이다.

세계 최고의 부자라 일컫는 사람 중의 한 명이 강철왕 앤드류 카네기다. 가난했던 그는 어렸을 적부터 많은 일을 했는데 그 중의 하나가 기차 안에서 신문을 파는 일이었다. 그는 기차 안에서 만난 앤더스 대령의 호의로 그의 개인도서관을 이용하면서 꿈을 키웠다. 앤더스 대령은 어린 카네기에게 이렇게 말했다고 한다.

"얘야, 책을 읽지 않으면 평생 신문배달을 하면서 살아야 한다."

앤더스 대령은 자신의 집을 도서관으로 만들어 이를 이용하는 소년 노동자들이 자신의 미래를 위한 마중물을 준비하도록 했다. 그는 책이 불우한 환경을 이겨내고 행복한 삶을 위한 마중물이란 걸 이미 터득했던 것이다.

카네기도 역사상 가장 부유한 사람이 될 수 있는 마중물을 책에서 얻었다. 그리고 책이 자신에게 준 소중한 경험을 전수하기 위해 전 세계에 2509개의 도서관을 세웠다. 가난하고 힘없는 사회적 약자들이 책을 통해 자기 삶의 변화를 이끌고 더불어 사회와 나라를 위해 그 힘을 발휘할 수 있는 공평한 기회를 선사하기 위해서였다.

이런 제임스 앤더스 대령을 추모하기 위해 앨럭니 시의 다이아몬드 스퀘어 도서관 앞에는 그의 기념비가 있다.

"제임스 앤더스 대령은 서부 펜실베니아 무료 도서관의 창시자였습니다. 그는 자신의 도서관을 소년 노동자들에게 개방하였고 토요일 오후에는 직접 사서로 활동함으로써 책뿐만 아니라 자기 자신까지도 숭고한 일에 바쳤습니다. 이 기념비는 소년 노동자의 한 사람으로서 대령의 도서관을 통해 지식과 상상력의 보고를 접한 앤드류 카네기에 의해 감사하는 마음으로 세워졌습니다."

『카네기 평전』에는 카네기 도서관의 유일한 관리 조건이 하나 나와 있다. 일요일에도 문을 열어 토요일까지 일을 해야 하는 노동자와 서민을 배려하라는 부탁이다. 그 당시에는 일요일을 제외하곤 혹독하게 일하던 때였으므로 그들이 책을 읽고 빌릴 수 있는 시간은 일요일밖에 없었다. 지금도 우리 도서관의 휴관일이 일요일이 아닌 월요일이 된 전통은 여기에서 비롯되었을 것으로 생각된다. 한 사람의 위대한 의지가 세상의 규칙을 세운 순간이었다.

책이 독자에게 주는 에너지는 엄청나다. 책의 내용에 따라 읽는 사람의 무한한 잠재력을 끌어올릴 수 있고 의식을 변화시키기도 하며 삶의 태도를 바꾸기도 한다. 무엇을 원하든지 어떤 삶을 원하든지 만들어갈 수 있는 힘을 준다. 좋은 연장도 사용하지 않으면 의미가 없다. 도서관이 주변에 널려 있고 서점에 쌓여 있는 것이 책일지라도 책을 읽는 사람만이 마중물을 얻을 수 있다. 마중물이 부른 거대한 물줄기가 황폐한 땅을 적시고 새 생명을 잉태케 하는 힘이 있음을 믿는다면 책을 손에 들어라.

3 책보다 좋은 지렛대는 없다

고대 그리스의 물리학자이자 수학자인 아르키메데스는 지구를 들어 올릴 수 있다고 장담했다. 여기에는 거짓말 같은 진실이 담겨 있다. 지구를 들 수 있다는 거짓말과, 충분히 긴 지렛대와 받침점이 있다면 지구를 들어 올릴 수 있다는 진실이다.

누구나 한 번쯤은 크고 작은 지렛대를 사용해 보았을 것이다. 무거운 물체를 들려면 힘이 더 많이 필요하지만, 지렛대를 사용하면 힘이 적게 든다. 물체의 무게와 비례하여 지렛대의 길이만 늘어나면 된다. 자신이 하는 일이 동일해도 지렛대만 바꾸어주면 어떤 무게라 해도 들어 올릴 수 있는 것이다. 그렇다면 혹 인생의 무게를 감당할 만한 지렛대는 어떻게 하면 찾을 수 있을까. 같은 힘으로 훨씬 더 많은 무게를 들어 올려준다면 우리의 삶은 조금 더 가벼워질 것이다.

지렛대의 사전적 의미는 어떤 목적을 실현할 수 있도록 하는 수단이나 힘을 비유적으로 이르는 말이다. 도구를 사용할 줄 알았던 인간 호모 사피엔스가 몸집이 작고 힘이 약한데도 불구하고 세상을 지배할 수 있었던 것처럼 지렛대를 이용해 우리의 삶도 성공으로 끌어올릴 수 있지 않을까. 삶에서 이런 지렛대를 잘 이용했던 사람들을 많이 찾아볼 수 있다. 그들은 인생의 지렛대로 무엇을 삼았을까.

사이먼 시백 몬티피오리의 『젊은 스탈린』에는 조지아의 살인자에서 러시아 공산당의 서기장까지 오른 스탈린의 젊은 시절이 그려져 있다. 그는 러시아의 변방 중의 변방인 그루지야에서 태어났으며 그 지방 사투리를 사용했고 말쑥함이나 세련됨과는 거리가 먼 조금 어리숙해 보이는 청년이었다. 폭력단과 별반 차이가 없는 혁명가로서의 경력, 시인이자 수습 사제이던 시절, 목적을 위해서 과정을 무시하고 드러내는 잔인성 등이 적나라하게 묘사되어 있다. 저자는 극악무도한 공포정치 시대를 연 스탈린을 이해하기 위해 그의 젊은 시절을 들여다보았고, 그 결과로 『젊은 스탈린』을 내놓았다.

나는 이 책을 읽으면서 스탈린의 폭력성이나 배경이 궁금하지 않았다. 러시아의 변방 중에서도 변방이라 할 수 있는 그루지야(조지아)에서 태어났고, 말투도 사투리가 무척이나 심한 스탈린이 도대체 무슨 까닭에 레닌의 후계자가 될 수 있었는지가 너무 궁금했다.

스탈린이 레닌의 후계자가 될 수 있었던 건 레닌에 대한 충성 때문도 아니고 줄을 잘 타고 오른 것 때문도 아니다. 세상 사람들이 말하는 학벌, 지연, 혈연 같은 배경 때문은 더더욱 아니다. 나는 스탈린이 어떻게 레닌의 후계자가 될 수 있었을지에 대해서는 삶에 대한 열정과 그를 뒷받침할 수 있는 독서에서 그 이유를 찾았다. 스탈

린에게 책을 읽는다는 것은 숨을 쉬는 행위와 다르지 않은 행동이었
다. 그래서 한시도 놓을 수 없는 습관이었다. 폭력과 강도, 살인을 저
지르고 쫓겨 다니면서도, 생사를 건 싸움터에서도 책을 보는 것이 유
일한 낙이었다. 레닌의 강력한 후계자들을 물리치고 강철제국의 주
인인 된 그에게는 강력한 지렛대가 있었다. 그것은 다름 아닌 책이었
다. 책은 그의 가장 강력한 후원자이자 지렛대가 되었다. 책을 통해
습득한 철학을 국정에 대입시켜 집권 후 경제 개발 정책을 추진하고
과학과 교육에 전폭적인 지지를 아끼지 않았다. 그 결과 소련은 가난
한 농업 국가에서 산업국가로 발돋움할 수 있었다.

　스탈린 외에도 책을 지렛대 삼은 인물들은 많다. 미국의 에이브
러햄 링컨, 영국의 윈스턴 처칠, 사업가 빌 게이츠와 투자가 워런 버
핏은 자신들이 도구로 사용했던 지렛대가 책이었음을 공공연하게
밝히고 그 중요성을 강조한다. 책은 책을 읽는 사람을 절대 배신하지
않고 보다 나은 삶으로 끌어올려줄 것이라고 확신한다.

　책을 읽는다는 것은 지렛대를 늘린다는 의미이다. 칼은 휘두르
는 사람에 따라 용도가 달라진다. 나라를 구하는 위인의 칼은 보검
이 되고 살인자의 손에 쥐어진 칼은 흉기가 된다. 마찬가지로 책 또
한 누가 어떤 책을 읽고 어떻게 응용하느냐에 따라 용도가 달라진다.
여러분이 얼마나 많이 읽고 그 의미를 생각하고 실천하느냐에 따라
각자의 지렛대길이와 힘이 달라진다. 책을 읽을수록 삶의 무게를 지
탱하고 이겨낼 힘을 부여하기 때문에 생활에 활력이 돈다. 그로 인해
여러분 삶을 가뿐하게 만들어주는 위력이 생기는 것이다. 다양한 분

야의 책을 폭넓게 읽어야 하고 깊이 있게 생각해야 하는 이유가 여기에 있다.

책을 읽는 사람과 읽지 않는 사람의 지렛대가 다르며, 한 권의 책과 백 권의 책을 읽은 사람의 지렛대가 다르다. 책을 읽고 성공한 사람일수록 더 많은 독서 의욕을 보이는 이유이기도 하다. 책을 읽고도 튼튼한 지렛대가 없다면 깨어 있는 독서를 하지 않았기 때문이다. 의식이 변화되고 자아가 강화될 만큼 충분한 독서를 하지 않았거나 감성적인 독서만으로 일관했을 수 있다. 독서는 읽는 즐거움을 얻기 위한 것도 중요하지만 자신의 변화를 위한 목적이 우선되면 삶의 방향도 바뀔 수 있다.

책을 읽은 후 마음과 행동에 읽기 전과 달라진 점이 없으면 독서를 한 것이 아니라는 태도로 독서합니다.

우리나라 최고의 지성인 이어령 교수의 말이다. 책을 읽었으되 심적으로 변화하지 않으면 그 독서는 제대로 된 독서가 아니라는 지적이다. 시대가 변해도 책의 힘은 변하지 않는다. 어느 것보다 자신의 삶을 향상시키기에 책보다 좋은 지렛대는 없다.

제1장. 책으로 답답한 삶을 깨뜨리다

4 삶의 갈림길에서 가장 먼저 찾아라

미국의 16대 대통령 에이브러햄 링컨에 대해 이야기할 때는 『조지 워싱턴의 전기』와 『톰 아저씨의 오두막』 두 권의 책을 빼놓을 수 없다. 『조지 워싱턴의 전기』는 가난과 어려운 환경 속에서 암울했던 링컨에게 지표를 제시해 주었다. 어두운 밤하늘에서 길 잃은 자들의 이정표인 북극성을 보듯 링컨은 조지 워싱턴을 마음속의 북극성으로 생각하고 존경을 담아 자신이 가야 할 길을 정했다. 정규교육을 받지 못한 링컨을 변호사로 변신이 가능하게 했고 수많은 선거에서 낙선했지만 꿈을 포기하지 않게 도왔다. 결국 링컨은 미국 대통령에 오르고 남북전쟁을 승리로 이끌었으며 현대세계사에 기념비적인 인물로 기록되었다.

반면 『톰 아저씨의 오두막』은 링컨에게 가치관 확립에 지대한 영향을 준 인생의 나침반이었다. 이 소설을 통해 간접적으로 경험한 노예 생활의 비참함은 인간이 평등해야 함과 더불어 같은 권리를 누려야 한다는 의지를 갖게 했다. 인간의 운명에 있어 차별, 편견이 얼마나 잔인하고 불평등한 것인지, 인간다운 삶을 영위하는 것은 피부색에 따른 차별 없이 공평해야 한다는 것을 실천에 옮겼다. 그 결과 남북전쟁이라는 큰 고통도 감수하며 노예해방을 이끌어냈다. 링컨의 가치관은 인류에 얼마나 큰 영향력을 발휘했는지는 굳이 말하지 않아도 알 것으로 믿는다.

책은 인생이라는 험한 바다를 항해하는 데 필요한 타인이 마련해 준 나침반이요, 망원경이요, 지도다.

소설가이자 극작가 아놀드 베네트의 말이다. 우리 인생은 거친 풍랑이 이는 바다에 외로이 떠 있는 한 척의 돛단배와 같다. 언제 어디서 어떤 위험이 닥쳐올지 알 수 없는 상황에서 파도를 헤치며 각자가 설정한 목적지를 향해 나아간다. 힘차게 노를 젓지만 원래 그 자리로 돌아오거나 자신이 목적했던 곳이 아닌 엉뚱한 곳으로 갈 수도 있다. 망망대해에 홀로 남겨진 느낌으로 표류할 수도 있다.

깜깜한 바다에서 길을 잃었을 때 선원들이 가장 먼저 찾는 별이 있다. 지구의 자전축이 기울어져 있어 항상 그 자리에서 빛나는 것으로 보이기에 '붙박이별'이란 애칭으로 불린다. 지구에서 빛의 속도로 400년이 걸리는 곳에 있지만 선원들은 어둠 속에서 북극성을 나침반 삼아 배의 항로를 잡는다. 북극성을 믿고 자기 운명을 맡기는 것이다.

링컨의 삶에 지대한 영향을 끼친 두 권의 책에서 보았듯이 우리

길을 인도해 주는 북극성은 바로 책이다. 어둠이 세상과 인간을 속이려 할수록 그것은 더욱 밝게 빛을 내며 길을 안내해 준다. 누구나 처한 상황을 극복할 요량으로 선택한 책 한 권이 훌륭한 길잡이 역할을 해낸다. 크고 뚜렷한 빛을 발한 인물 이야기일 수도 있고 지혜로운 삶과 행복한 인생의 길을 제시하는 계발서일 수도 있다. 문학은 또 어떤가. 우리가 치열하게 살아가는 현장의 모습을 포착해 작품 속에 담아냄으로써 우리에게 던지는 화두가 우리 모습을 되돌아보게 하지 않던가.

자신의 북극성을 찾기 위해 독서해야 한다. 책은 여러분이 지금 어디에 있는지, 무엇을 해야 하는지, 무슨 일을 할 수 있는지를 알게 해준다. 우리는 매순간 선택의 기로에 서 있다. 시간과 기회를 되돌릴 수 있다면 어느 쪽을 먼저 선택하고 아니라면 되돌아 나오면 그만이지만, 우리에게 주어진 시간과 기회는 되돌릴 수가 없다. 그래서 선택은 신중해야 하고 그만큼 책임도 따른다. 자아형성이 제대로 되어 있지 않다면 약한 바람에도 흩날리는 연약한 갈대와 같이 자신의 삶에서 방황하게 된다. 혹은 더 나빠진 상황에 빠진 자신을 보며 자책하게 된다. 이러한 시행착오를 줄이는 방법이 독서다.

책을 읽는다는 것은 삶의 폭풍에도 흔들리지 않고 바로 살아갈 수 있는 힘을 길러 준다. 먼저 경험하고 사유했던 이들이 쓴 책이기에 공감하고 신뢰할 수 있는 나침반과 같다. 책을 읽고 얻은 정보나 지식이 옳은 판단을 내리는 데 결정적인 역할을 하기 때문이다.

책은 인물과 사상을 통해 우리에게 삶의 목적성과 의미를 깨달게 하고, 그들의 삶과 체험을 통한 이야기는 궁극의 목적인 행복으로 가는 길을 잡아준다. 그러나 그 수단과 방법은 하나라고 단정 지을 수는 없다. 각자가 느끼는 무게와 좌절, 혹은 꾸는 꿈과 이상의 크기는 모두 다양하다. 세상에 그토록 많은 책이 나오는 이유임과 동시에 우리가 많은 책을 읽어야 하는 까닭이다. 인생에서 가장 큰 배움은 역시 직접 경험하는 것이지만 뼈저린 아픔은 자신을 위축시키므로 책을 통해 다양하게 간접 경험을 체험하는 지혜가 필요하다.

같은 듯 다른 인생이 인간을 인간답게, 그리고 개성 있게 만든다. 공장에서 대량으로 제품을 찍어내듯이 모두가 똑같은 삶을 사는 것만큼 지루한 일도 없을 것이다. 그러나 그런 다름이 인류의 슬픔이자 개인의 아픔이다. 아무도 가지 않은 길을 스스로 만들어내야 함은 인간의 숙명이다. 주변을 둘러보고 책을 읽어봐도 자신의 상황에 정확히 맞는 정답이라는 것은 존재하지 않는다. 각자에게 주어진 재능이 다를 뿐만 아니라 경험과 지식이 똑같은 사람은 단 한 명도 없기 때문이다. 삶은 이미 만들어진 기성품이 아니다. 자신이 만들어가는 것이다. 그렇기 때문에 삶을 잘 가꾸어가는 것은 그 무엇과도 비교할 수 없는 일이다.

제1장. 책으로 답답한 삶을 깨뜨리다

의식의 변화가 없는 독서는 무의미하다

여러분들은 이제껏 속아 왔어요. 부자들은 인문학을 배웁니다. 그런데 여러분은 인문학을 배우지 못했잖아요? 인문학은 세상과 잘 지내기 위해서, 제대로 생각할 수 있기 위해서 그리고 외부의 어떤 '무력적인 힘'이 여러분에게 영향을 끼쳐 올 때에 무조건 반응하기보다는 심사숙고해서 잘 대처해 나가는 방법을 배우기 위해 반드시 해야 할 공부입니다. 인문학이 여러분을 부자로 만들어줄까요? 분명히 그럴 것입니다. 단, 돈을 많이 벌게 해준다는 의미에서가 아니라 삶이 훨씬 풍요로워진다는 의미에서 진정한 부자로 말입니다. 부자들은 사립학교나 비싼 학비를 내는 대안학교에서 인문학을 배웁니다.

미국의 인문학 전도사 얼 쇼리스가 강연한 내용이다. 그는 '클레멘트 코스'라는 인문학 강의로 가난하고 소외된 사람들에게 희망을 주었다. 어느 20대 초반의 여 죄수와의 대화에서 사회적 약자들에게 필요한 것이 밥과 돈만의 문제가 아니라 의식의 변화가 시급한 문제라는 걸 깨달은 그는 1995년부터 노숙자, 빈민, 마약중독자, 죄수 등을 대상으로 인문학을 가르치는 코스를 열었다. 그리고 인문학 책을 읽어야 하는 이유를 정신적으로 풍요로운 삶을 살기 위해서라고 설명했다.

"빈민은 열악한 환경과 불운의 울타리에 둘러싸인 사람들이다. 이런 포위망에 갇히면 그저 생존을 위한 그때그때의 임시처방 외에 할 수 있는 일이 없다. 하지만 이런 임시방편 대신 자기생활을 반성하고 성찰할 수 있게 되면 삶이 달라진다. 인문학을 통해 다른 삶에 대한 소망을 갖게 하는 것이 바로 클레멘트 코스의 인문학 교육 목표다."

그의 이런 인문학 강의를 들은 사람들은 의식의 변화를 맛보며 새로운 삶을 맞이했다. 그들은 책과 강의를 통해서 자신을 찾아가는 길을 발견하고 의식을 변화시켰다. 강의 내용만 노트에 적고 끝내는 게 아니라 자신이 무엇을 바꿔야 할까를 고민하고 생각하는 동기를 부여잡았다. 인문학 책을 읽음으로써 의식이 변화하고 자존감을 지키며 인간답게 살 수 있다는 신념과 확신을 가지게 된 것이다. 클레멘트 코스 첫 과정을 이수한 사람 중에는 치과의사, 간호사, 디자이너 등이 나왔고, 이 수업을 들은 55%가 사회 복귀에 성공했다. 그들은 인문학이 자신을 찾도록 안내해 주었다고 증언한다.

우리가 구태의연하게 지내며 일상의 무료함에 빠지는 것은 의식의 변화인 자기반성과 성찰이 없기 때문이다. 우리가 직접 얼 쇼리스의 강연을 들을 수는 없는 노릇이다. 그 대안으로 의식을 변화시키는 가장 간단한 방법이 책 읽기다. 책은 기존의 지식을 바꾸거나 새로운 방법으로 책을 읽고 나면 자연스럽게 의식을 변화시키고 싶은 욕구가 분출한다. 책 읽기 자체가 누가 지시한 명령에 따르는 것도 아니고, 목표를 달성해야 하는 과제도 아니기 때문에 그만큼 주체적이고 도전적인 변화로 작용한다.

좋은 책일수록 변화를 일으키는 파장이 크다. 책을 읽을 때 자신이 가장 갈구하는 부분의 책을 선택해 읽게 된다. 지금 읽고 있는 책을 보면 읽는 이의 내면세계를 들여다볼 수 있다. 의식의 변화는 자아 성찰과 자각을 통해서 이루어질 수 있다. 그렇기에 현실을 변화시키고 살아가는 에너지를 생성하는 가장 바람직한 방법이 독서인 것이다.

어떤 사람은 다독을 했지만 의식의 변화를 느낄 만큼의 자기 발견이나 성장이 없다고 한다. 그건 절대적으로 사실이 될 수 없다. 그가 한두 권의 책을 읽고 변화에 조급증을 내거나 아니면 변화하는 자신을 느끼지 못했을 뿐이다. 우리가 매일 마시는 물은 0도에서 99도 사이에서는 변화가 없다. 그러나 온도를 달리하면 H_2O라는 분자구조를 가졌음에도 0도 이하에서는 얼음이 되고 100도가 되면 수증기로 변한다. 책 읽기도 마찬가지다. 어느 정도 독서력을 끌어올릴 때까지 눈에 보이는 효과를 체감하지 못할 수 있다. 거듭되는 책 읽기를 한다면 기존 의식의 한계를 넘는 순간이 온다. 바로 임계점이다. 한 권의 책으로 변화될 수도 있고 한 줄의 문장에서도 변화를 체험할 수 있다.

　우리 의식의 밑바닥엔 안정과 습관이라는 거대한 빙산이 자리 잡고 있다. 이런 단단한 고정관념이나 문제점은 깨기 어렵다. 변화를 두려워하지 말고 변화를 기대해야 한다. "변화를 원하지 않는 사람은 운명이 있다고 믿고, 변화를 원하는 사람은 기회가 있다고 믿는다"라는 말이 있듯이 변화는 기회가 된다.

　나는 의식적인 노력으로 자신의 삶을 높이고자 하는 인간의 확실한 능력보다 더 훌륭한 일은 없다고 생각한다.

　『월든』을 쓴 헨리 데이비드 소로의 말처럼 의식 변화와 성장을 위한 노력은 인간이 할 수 있는 최상의 일이다. 변화는 고통을 수반하는 데 익숙한 것들과의 결별과 편안한 습관의 단절을 요구하기도 한다. 인간이 변하기 어려운 이유가 여기에 있다. 그래서 책이 필요하다. 기존에 자신이 가진 통념과 의식의 전환을 꿈꾸는 이들에게 장 폴 사르트르는 이렇게 조언한다.

　"많은 것을 변화시키고 싶은가? 그렇다면 먼저 많은 것을 받아들여라." 사르트르의 조언을 실천하고 싶다면 책을 손에 들어라.

6 책만큼 안전한 세상도 없다

"세상 사람들이 뭐라 하든 내가 이루는 것은 나만이 알 뿐이다." 독선적이고 폭력적인 이 말은 일본 막부시대를 종식시키고 근대 일본의 토대를 닦은 사카모토 료마의 말이다. 소설 『료마가 간다』의 주인공인 그는 원래 칼잡이였다. 뒷골목의 건달로 소위 일자무식의 칼 잘 쓰는 검객에 불과했다. 그런 그가 서구와의 조약체결과 쇼군의 후계자를 둘러싼 정쟁을 보며 정계에 입문한 뒤, 민족의 자주사상을 강조하며 도쿠가와 이에야스의 에도막부의 봉건시대를 종식시키는 데 주도적 역할을 했다. 또한 메이지유신을 통해 일본이 중앙집권적인 근대국가로 탈바꿈하는 계기를 만들어주었다. 32세에 암살당했지만 그는 일본의 위대한 영웅의 반열에 올랐다. 지금은 도쿠가와 이에야스, 오다 노부나가와 함께 사당에 모셔져 제사를 받고 있는 위인이기도 하다.

일본의 세계적 기업인 소프트뱅크 회장 손정의는 가장 존경하는 인물로 사카모토 료마를 꼽는다. 시련이 있을 때마다 그의 책에서 힘을 얻는다고 고백한다. 죽음을 늘 옆에 두고 산 인물 료마의 두려워하지 않는 기개와 불굴의 의지를 손정의가 탐하는 것은 아닌지 생각해 본다. 위험과 역경을 의리와 당당함으로 맞서며 나라를 우선 생각하는 충성심은 그에게 매료되게 만든다.

영웅이란 보통 사람들이 두려워하는 일을 하는 사람들이다. 료마의 삶은 우리의 상상력을 넘어서는 죽음과 신념을 가진 한 인간의 거대한 서사시였다. 인간의 놀라운 잠재력, 죽음도 넘어설 수 있는 신념이 인간답게 한다는 것, 불굴의 의지를 갖고 나아가는 인간의 앞길은 하늘도 막아설 수 없을 뿐만 아니라 도리어 길을 열어 도와준다는 것을 깨닫게 한다.

어리석은 자는 체험에서 배우고 지혜로운 자는 역사에서 배운다.

독일의 정치가 비스마르크의 말처럼, 인류가 기록한 책을 통하여 환상적이고 위험천만한 세상을 간접경험하고 미래를 준비하는 사람은 지혜롭다. 책은 우리에게 목숨을 요구하지도 강요하지도 않는다. 다만 책의 진리를 깨달은 사람을 독보적인 존재로 거듭나게 된다.

세계 3대 추리소설 중의 하나로 알려진『그리고 아무도 없었다』라는 책이 있다. 서로 안면도 없는 사람들 열 명이 무인도에 초대되어 한 사람씩 차례로 죽는 사건을 다룬 이야기다. 하나의 인형이 없어지면 사망자가 한 명씩 나타나는데 끝에는 10개의 인형이 모두

없어지며 살인자 자신도 죽는 독특한 추리소설로 독자의 추리를 완전히 배반하는 작품으로 유명하다. 고뇌하는 전직 판사를 통해 현실과 이상의 차이를 적나라하게 보여주는 심리추리소설의 백미로 불릴 만하다. 한 사람씩 살해되는 긴장감으로 온몸은 움츠러들지만 정신은 다음 살인의 방법과 누가 타깃이 될지 수많은 경우의 수를 생각하며 읽게 되는 묘미가 있다. 독자는 책을 덮으며 평범한 인생에서는 절대 체험할 수 없는 살인사건의 현장을 목격했다는 스릴을 느낄 수 있을 것이다. 단순한 흥미만 주는 소설이 아니라 등장인물들의 심리를 추적하고 그들의 관점을 이해하게 된다. 이로써 사회에서 대립하는 타인을 이해하는 폭을 넓혀주고 수없이 접하는 사건·사고에 의연함을 가지며 사건을 여러 각도에서 통찰할 수 있는 힘도 준다.

인류의 위대한 유산인 책을 통해 환상적이면서도 위험천만한 세상을 미리 경험하고 미래를 준비하는 사람은 지혜롭다. 책에서 간접 경험으로 배운 지식을 활용하여 자신의 것으로 만들려는 노력이 필요하다. 작은 아픔이나 고통은 감내할 수 있다는 의지도 필요하다.

안정감은 누군가 보호해줌으로써 느끼는 위안이다. 또한 인간의 기본 욕구 중 상위에 있는 욕망이기도 하다. 보살펴주는 사람이 훌륭하면 할수록 안정감은 더욱 커질 것이다. 좋은 책의 작가는 위대한 정신의 소유자요, 책 속의 주인공은 영웅이며 우리의 스승이기도 하다. 그러므로 우리는 책을 읽는 동안 안전할 수 있을 뿐만 아니라 세상 속에서 그 지혜를 활용하고 실천할 때에도 보살핌과 위로를 받는다. 보호자가 많을수록, 스승이 많을수록 우리의 삶은 안전하고 성공적인 열매를 맺을 수 있다. 우리의 삶을 안전하게 지켜줄 스승들을 책을 통해 만들어가야 한다. 책에서 마음껏 고통받고 실패하고 넘어지기를 바란다. 이것을 반복하기를 바란다. 두려워하지 마라. 책은 안전한 세계이다.

7 생각의 한계를
깨뜨려라

곤충학자 로스차일드 박사는 벼룩으로 실험을 했다. 10cm 높이의 유리병에 벼룩을 넣고 뚜껑을 닫은 다음 벼룩의 행동을 관찰했다. 처음 몇 분 동안은 벼룩이 유리뚜껑이 있는 천정까지 뛰어올랐다. 같은 동작을 반복하던 벼룩은 차츰 시도를 줄였다. 뛰기를 멈추었을 때 박사는 유리병의 뚜껑을 열었다. 하지만 밖으로 뛰어나오려는 벼룩은 한 마리도 없었다. 원래 벼룩은 자기 몸의 100배가 넘는 30cm 이상을 뛴다. 그것이 벼룩의 진정한 능력이다. 그러나 유리병 마개로 한계를 미리 설정해 둔 까닭으로 벼룩들은 자신들이 가진 능력을 발휘하지 못하고 스스로 행동을 제약했다. 인간 역시 학습된 한계와 무기력이 성장을 멈추게 한다. 생각을 바꾸고 익숙한 환경을 탈피해 자신의 무한한 능력을 펼쳐보여야 한다.

낯선 것들과의 만남, 즉 불편하다고 생각되는 새로운 것들과의 만남이 전제되어야 창의적이고 창조적인 능력을 갖출 수 있다. 익숙

함을 좋아하고 타성에 젖은 사람은 갖출 수 없는 능력이다. 벼룩 실험에서 보았듯이 일상적이고 구태적인 행동이 우리의 한계를 정하고 성장을 방해한다. 우리에게 유리병 뚜껑과 같은 존재는 미래에 대한 두려움, 불안, 상대적 박탈감 등 다양한 요인과 요소이다. 이로 인해 캄캄한 미래를 지레짐작하고 도전을 멈추게 된다. 하지만 나는 그런 사람들에게 묻고 싶다. 단 1초라도 미래를 먼저 살아보았는가.

더 나은 미래를 준비하기 위해선 자신이 정해 놓은 한계를 깨고 익숙한 것들과 결별을 선언해야 한다. 한계를 넘어서는 일은 고통을 수반하기에 쉽지 않은 도전이다. 새롭고 불편한 것들을 받아들이기 위해 안락한 삶을 포기해야 될지도 모른다. 하지만 더 큰 세상과 행복을 추구하는 인간의 욕망은 곧 도전 속에서 희망과 행복을 발견할 수 있으므로 두려워할 필요는 없다.

독일의 실존주의 철학자 프리드리히 니체는 망치 철학자로 유명하다. 그는 망치를 들고 세상의 진리라고 여기는 기존의 모든 질서를 거부하고 자유의지를 가진 인간이 되기를 원했다. 그가 손에 든 망치는 기존의 질서와 가치를 절대적으로 신봉하며 노예적으로 살아가는 절대 다수를 향한 외침이었다. 그는 세상에 변하지 않는 것은 아무것도 없고 절대 진리라고 여겼던 가치들은 속박의 쇠사슬이므로 과감히 끊고 인간 본연의 가치를 추구하기를 원했다. 망치를 높이 든 니체는 돌 속에서 천사를 본 미켈란젤로가 창조를 위한 파괴를 한 것같이 우리 자신 속의 위대함을 보기 위해 기존의 관념·습관·한계·굴레 등을 깨부수어야 한다고 말한다. 그렇지 않으면 관습과 습

45

제1장. 책으로 답답한 삶을 깨뜨리다

관이 우리를 노예로 만들며, 삶의 굴레가 희망 없는 지옥으로 변하고, 형틀 없는 감옥이 될 수 있음을 경고했다.

망치는 파괴의 도구이자 창조의 연장이다. 파괴와 창조는 빛과 그림자처럼 한 몸이다. 파괴하는 과정이 창조를 위한 것이고 창조를 위해서는 필히 파괴가 동반되어야 한다. 오랫동안 자신이 지켜 왔던 낡은 가치를 부수고 창조를 위한 새로운 가치를 만들어야 한다. 책은 이런 낡은 질서와 가치를 과감히 깰 수 있게 돕는 망치다. 파괴를 위한 파괴가 아니라 창조를 위한 파괴다. 멈춤이 아닌 연속적인 과정이어야 진정한 삶의 주인으로 살 수 있으며 위대한 능력을 갖출 수 있다.

굴레를 깨기란 여간 어려운 일이 아님을 안다. 자신이 현재 살아가는 범위이며 미래에도 삶의 근간이 되기 때문이다. 하지만 굴레란 의미에는 부정적인 뜻이 더 많이 내포되어 있다. 굴레의 어원은 말이나 소 따위를 부리기 위해 머리와 목에 고삐를 걸쳐 얽어매는 줄이다. 그런 단어를 우리 삶에 끌어들인다는 자체가 용납하기 어려워야 한다. 자신의 한계상황을 미리 설정해 놓고 끌려 다니면 자신의 잠재 능력을 죽이는 악이기 때문이다. 여러분이 이미 그 굴레에 길들여진 것은 아닌지 두렵다.

시작과 창조의 모든 행위에는 하나의 근본 진리가 있다. 그것은 우리가 스스로 하겠다는 결단을 내린 순간 하늘도 움직인다는 것이다.

독일의 대시인이자 작가인 요한 볼프강 폰 괴테는 자기 스스로 굴레를 깨야 한다고 말한다. 그러면 하늘도 움직여 온전한 자유인으로 성장할 수 있게 돕고 존재감이 빛나게 만들어준다는 것이다.

요람에서 무덤까지 책을 손에서 놓지 못할 만큼 책을 사랑했던 영웅이 있다. 그는 당시 프랑스의 식민지라고 할 수 있는 코르시카라는 작은 섬에서 태어났으며 작은 키와 시골스러운 억양으로 학교에서는 소위 왕따를 당했다. 교실 한쪽 구석에서 조용히 책을 읽으며 자란 아이는 온 유럽을 자신의 발아래 두고 호령하는 영웅이 되었다. 그의 책 사랑은 대단해서 전쟁 중에도 마차에 책을 실어 이동도서관처럼 운영했다. 심지어 전쟁의 포화 속에서도 책을 읽을 만큼 독서광이었다. 그는 바로 나폴레옹이다. 생의 마지막을 헬레나 섬의 감옥에서 책과 함께 생을 마감한 영웅이다. 천재 전략가이기도 했다. 그런 그가 우리에게 습관에 대한 귀한 명언을 남겼다.

행동의 씨앗을 뿌리면 습관의 열매가 열리고, 습관의 씨앗을 뿌리면 성격의 열매가 열리고, 성격의 씨앗을 뿌리면 운명의 열매가 열린다.

나폴레옹의 책 읽는 습관은 그의 운명을 바꾸는 씨앗이었다. 습관이란 습득된 결과로 반복되어 일어나는 행동을 일컫는다. 이미 몸에 익어버린 잘못된 습관을 바꾸기 위해서는 지속적인 인내와 노력이 필요하다.

*새는 알을 깨고 나온다. 알은 새의 세계다. 태어나려는 자는 하나의
세계를 파괴해야만 한다. 하나의 세계를 파괴하지 않으면 새로운
세계로 나갈 수 없다. 알을 깨고 나온 새는 신을 향해 날아간다.*

헤르만 헤세 『데미안』의 서두에 나오는 말이다. 새는 알이라는
작고 안락한 세계를 파괴해야만 새로운 세계로 나갈 수 있다. 누구나
변화지 않는 나쁜 습관을 가지고 있으며, 사회 역시 나쁜 관습을 쉽
게 포기하지 못한다. 조금만 의식하고 노력하면 좀 더 행복해질 수
있는데, 타성에 젖고 관성에 따라 지낸다.

무엇이든 스스로의 노력으로 세상을 살아가는 방법을 배워야 한
다. 좀 느리고 답답해도 묵묵히 걸어가는 사람이 원하는 바를 이룰
수 있다. 혼자 힘겨워하지 말고 여유를 갖고 책을 손에 들어보자. 책
을 망치 삼아 자신의 한계를 막고 있는 유리병 뚜껑과 자신을 한정
짓고 있는 굴레를 깨부수고 성장한 것들이 힘을 줄 것이다. 그리고
미래에는 여러분 또한 다른 이들에게 그 망치를 건네는 사람이 되어
있을 것이다.

나를 마주하는 시간

그리스 신화에 나르키소스에 관한 이야기가 있다. 그는 강의 신 케피소스와 님프 리리오페 사이에서 태어났다. 리리오페는 자신의 아들이 오래 살 것인지를 테베의 예언자에게 물어 "자기 자신을 알게 되면 오래 살 수 없을 것이다"라는 신탁을 받았다.

아름다운 미소년으로 성장한 나르키소스는 동성과 이성, 사람과 님프로부터 수많은 구애를 받았지만 모두 거절한다. 그는 어느 날 사냥을 한 후 목이 말라 샘물을 마시다가 물속에 비친 자신의 모습에 반해 사랑의 감정이 생겨난다. 결국 자신을 사랑했던 님프 에코처럼 기다림과 굶주림에 말라 죽어 수선화가 되었다는 이야기다.

나르키소스가 물속에서 본 것은 진정 무엇이었을까. 단순히 아름다운 미소년의 얼굴에 반한 것일까 아니면 자신의 정체성을 본 것일까. 어차피 나르키소스는 오이디푸스처럼 잔인한 운명을 피할 수 없었다. 나르키소스를 통해 이야기하고 싶은 것은 자신의 정체성을 찾아가는 것은 쉽지 않고 찾는다고 해도 고통만 가중될 수 있음을 말해 준다.

　지독한 고독이나 책 속에서 만나는 자신의 아픈 정체성보다는 군중 속에서 애써 외면하는 삶을 찾는 것이 우리의 현실이다. 아담과 하와가 에덴동산에서 선악을 구별할 수 있는 사과를 따 먹은 것이 인류의 원죄라고 말한다. 만약에 그들이 선악과를 따 먹지 않았다면 인류의 역사는 어떻게 되었을까. 에덴동산에서 선악을 구별하는 사과와 나르키소스를 죽음으로 몰고 간 샘물은 자신의 내면을 볼 수 있게 하는 거울이었다.

　사과를 먹음으로써 낙원의 기쁨은 사라졌지만 인간으로서의 정체성을 회복할 수 있었고, 자기애에 빠진 나르키소스에게 자신의 정체성을 보여줌으로써 그동안의 교만함을 깨달았을 것이다. 그렇다면 우리도 우리 내면의 정체성을 비춰주는 그런 거울을 찾아봐야 한다.

　책은 자신을 비춰주는 거울이다. 신이 인간을 만들 때 세상을 볼 수 있는 눈을 주었지만 한 가지만은 볼 수 없게 만들었다. 우주도 볼 수 있고 타인의 마음까지도 읽을 수 있는 눈이 정작 가장 가까이에 있는 자신의 마음은 읽을 수 없도록 만든 것이다. 촛불이 방 안을 환하게 밝히지만 촛대 밑이 가장 어두운 것과 마찬가지다. 하지만 신의 심술에도 불구하고 인간은 책이라는 위대한 발명품으로 자신을 밝힐 수 있도록 만들었다. 종이에 인쇄된 책을 통해 자유의지를 가진 인간으로 다시 태어날 수 있었고, 자신을 발견하는 위업을 달성한 것이다. 진실로 책이란 인류가 발명해낸 물건 중 최고의 가치를 지닌 명품이 아닐 수 없다.

내면을 본다는 것은 자신의 정체성을 알아가는 것이다. 자신이 무엇을 하고 있는지, 왜 하는지 그리고 무엇을 하며 살아야 하는지 보여주는 마음의 거울이다. 자신을 아는 것이 중요한 것은 자신을 알지 못하고는 인생의 방향을 잡을 수 없기 때문이다. 대부분의 사람들은 어떤 문제에 봉착했을 때 외부요인에서 해결책을 찾으려 한다. 상대방이 잘못해서 일어났으며, 상황이 안 좋아 잘못되었다고 말한다. 하지만 책을 읽는 사람은 먼저 자신을 돌아본다. 세상을 바꾸는 것보다 자신을 변화시키는 게 쉽고 빠르다는 것을 알기 때문이다.

세상을 바꾸려 하지 마라. 그것은 단지 거울일 뿐이다. 세상을 강제로 바꾸려는 인간의 투쟁은, 나의 모습이 마음에 들지 않는다고 거울을 깨버리는 것처럼 무익한 것이다. 거울은 그대로 두고 당신의 모습을 바꾸어라.

끌어당김의 법칙으로 유명한 작가인 네빌 고다드의 말이다. 책을 읽는다는 것은 거울이 아닌 자신의 모습을 바꾸려는 진실한 몸부림이다. 자신을 모르고 거울을 깨버리는 어리석음을 행하지 않기 위함이다. 책을 읽을수록 자신의 내면은 밝아지고 강해진다.

스스로를 누구보다도 잘 알고 있는 작가는 책을 통하여 자신을 알게 만든다. 때론 작가의 입장에서 자아를 볼 수 있게 만들기도 한다. 지식이 풍부한 작가의 글을 보고 자신의 지식을 볼 수 있고, 논리적이고 이성적인 작가의 글을 보고 자신의 논리력과 합리성을 발견할 수 있다. 고통스러운 삶의 글을 보고 자신의 형편에 위안을 얻고 부정직하고 탐욕적인 글을 읽고 자신의 탐욕을 읽게 되는 것이다.

하지만 책을 읽어도 자신을 바라보지 못하는 사람들이 있다. 이들은 자기 자각이나 반성을 할 수 없으므로 의식의 변화가 없고 자기 성장을 할 수 없다. 책을 통해 자신을 볼 수 없는 이유는 거울이 아닌 거울의 모양이나 테두리를 보기 때문이다. 책을 읽어도 표면적인 현상만을 보고 깊이 있는 성찰의 시간을 가지지 않는 것이다. 책을 읽는다는 것은 단순히 글을 읽음에 그치는 것이 아니라 글 뒤에 숨어 있는 의미를 이해하고 자신을 성찰할 수 있어야 제대로 된 책 읽기다.

다시 말하지만 책은 자신을 뒤돌아보게 하고 성찰하게 하는 마음의 거울이다. 어떤 것도 대신 할 수 없는 능력을 가지고 있다. 책만이 인간을 인간답게 한다. 책을 읽지 않아서 자기 자신의 가치를 모른 채 살아간다면 그 인생이 얼마나 허무하겠는가.

책은 망치다

9 지혜를 얻고자 한다면

어느 날 솔로몬에게 두 여인이 찾아왔다. 두 여인은 같은 방을 사용하고 있는 창기들이었으며 둘 다 비슷한 시기에 출산했다. 둘은 한 아기를 놓고 서로 자기 아기라고 주장하고 있었다. 이야기를 들어본 즉 한 여자가 잠을 자다 그만 자기의 아기를 질식사 시키고 말았다. 하지만 그녀는 교활하게도 자신의 죽은 아기와 다른 여인의 아기를 바꿔치기 했다. 심사숙고하던 솔로몬은 신하에게 칼을 가져오게 한 뒤, 살아있는 아기를 반으로 잘라 두 여인에게 나눠주라고 명했다. 놀랍고 당황스러운 판결에 아이의 친엄마는 눈물을 흘리며 자기 자식을 상대 여자에게 주라고 했다. 차마 자신의 아이가 죽는 모습을 볼 수 없었던 것이다.

이 일화는 솔로몬을 지혜의 왕으로 만들어준 것으로 유명하다. 솔로몬은 인간의 본성을 명확히 인식하고 사물을 꿰뚫는 통찰력으로 지혜를 발휘했다. 개인이 가진 지혜가 타인에게도 이로움을 주는 지혜의 본질을 잘 설명해 주고 있다. 지혜가 우리 삶을 윤택하고 행복하게 한다면 우리에게 지혜를 가르쳐주려 연구하는 철학자의 삶이 이해되고 그들의 지혜를 이용할 수만 있다면 우리 또한 지혜로워질 수 있다는 믿음이 생긴다. 영국의 윌리엄 쿠퍼는 지식과 지혜를 명쾌하게 구분했다.

지식은 자신이 썩 많이 배운 것을 자랑하고, 지혜는 자신이 더 많은 것을 알지 못하는 것을 부끄러워한다.

지혜는 세상의 빛과 소금처럼 어둠에 환한 불빛을 제공해 주고 세상이 썩지 않게 도와주는 역할을 한다. 지혜로움 안에는 현명함과 슬기로움 그리고 사물을 꿰뚫어 보는 통찰력이 들어 있다. 그러나 흔히 지식과 지혜를 혼동하기 쉽다. 지식은 대상에 대한 배움이나 실천에서 알게 된 명확한 인식이나 이해를 말하며, 지혜는 사물의 이치를 깨닫고 올바르게 처리하는 능력을 말한다. 한 마디로 지혜는 지식과 경험을 바탕으로 자신의 행복을 구하기 위한 과정이라고 말할 수 있다. 과정이라고 언급한 것은 삶이 우리에게 준 정답이 없고 행복과 지혜는 살아 있는 생물처럼 상황에 따라 끊임없이 변화하기 때문이다.

철학이란 지혜를 사랑한다는 말이다. 평생을 두고 삶의 본질이나 세계의 근본 원리에 대해 연구하는 사람들을 철학자라고 부르며, 그들의 사상과 의견을 우리는 삶의 지표로 삼아 활용한다. 궁극적으로 철학하는 사람들의 목적은 인간의 본질과 세상의 이치를 깨달아 지혜로운 삶을 추구한다고 볼 수 있다. 그렇다면 지혜로운 삶이 우리에게 가져다주는 이익은 무엇인지 생각해 보지 않을 수 없다. 앞서 말한 것처럼 지혜로운 삶이란 인간과 세상에 관한 원리와 원인들에 대한 정확한 앎을 통해 주어진 상황에서 최선의 선택, 즉 자신에게 중요한 가치 선택을 잘하는 것이 지혜의 핵심이라 말할 수 있다. 인생은 탄생과 죽음 사이에 있는 선택의 연속이다. 순간순간의 선택이 점에서 선으로 연결되고 각자 개인의 삶의 모양을 만들어간다. 오늘은 어제의 선택에서 오는 결과이며 미래의 자신을 만들어가는 움직임이다.

레프 톨스토이가 "인생의 목적과 그것을 성취하는 방법을 깨닫는 것이 바로 지혜이다"라고 말한 것처럼 지혜는 삶의 목적을 정확히 이해하고 자신의 것으로 만드는 것이다. 대부분 삶의 목적을 행복한 인생에 두고 있으니 행복추구가 본질적으로 지혜를 추구한다는 의미다. 철학자가 지혜를 사랑한다는 의미 역시 인간과 세상에 대한 이해를 통한 보편적인 행복한 삶을 추구하는 것이다. 지혜는 자신을 행복하게 할 뿐 아니라 타인을 이롭게 하기에 모두가 원한다.

지혜의 출발점은 자신이 모른다는 것으로부터 출발하는 것이다. 자신이 얼마나 어리석은지 이해하고 배워야 함을 알아야 비로소 시작된다. 이런 지혜를 배우는 방법은 위대한 스승을 만나는 것, 직접 경험을 하는 것 그리고 간접 경험의 보고인 책을 통해서 배우는 것이다. 좋은 스승의 만남은 인생의 큰 축복이지만 현실에서 대면하기 어렵다. 직접 체험은 가장 좋은 지혜의 원천이지만 가치 있는 지혜의 수가 적을 뿐만 아니라 시행착오와 실패라는 막대한 대가를 치러야 하고 인생의 늘그막에 깨닫는 경우가 흔하기에 행복한 삶에 적용하기가 쉽지 않는 단점이 있다. 그렇다면 이제 유일하게 남은 구원이자 말하고 싶은 책에서 지혜를 구하는 방법을 알아보자.

먼저 책은 그 분야의 전문가들이 경험과 체험을 토대로 저술한 것이다. 직접 경험은 아니지만 우리는 책을 통한 간접 체험을 얼마든지 할 수 있다. 고민하고 방황하는 그 위치에 이미 누군가의 책이 놓여 있다. 책 속에서 진지한 체험을 느낄수록 자신의 깨달음은 더욱 강해지고 지혜는 깊어갈 것이다.

지식은 시간이 흐르고 과학기술이 발전할수록 낡고 쓸모없어지지만, 지혜는 세월이 흐를수록 더욱 빛나고 가치 있는 보석이 된다. 지혜는 살아 움직이며 자신을 이롭게 하는 진가를 발휘한다. 고대 로마의 시인 호라티우스는 "지혜 없는 힘은 그 자체의 무게로 쓰러진다"고 했다. 지혜 없는 삶이 얼마나 무모하고 어리석은 삶인가를 일깨우는 말이다.

남의 책을 많이 읽어라. 남이 고생한 것을 가지고 쉽게 자기 발전을 이룰 수 있다.

소크라테스의 말처럼 책은 저자가 평생 동안 삶에서 깨달은 지식과 지혜의 결정판이다. 책을 통한 자아 성장과 지혜를 배우는 것은 여러분이 그토록 원하는 인생 목표의 지름길을 찾아낸 것과 같다.

10 읽고 또 읽어라

　　오마하의 현인이라 불리는 워런 버핏은 세계 최고의 부자이자 주식 세계의 마이더스 손으로 통한다. 어떤 종목을 사든, 경기가 나쁠 때든 좋을 때든, 돈을 벌고 더불어 사는 행복을 위해 거액을 기부하는 기부 천사이다. 수십 조 원을 기부했는데, 그는 자신이 설립한 재단이 아닌 빌 게이츠 재단에 기부한다. 이는 기부금이 제대로 사용되었으면 하는 바람에서고 겸손함을 발현한 것이다. 이런 그가 독서에 관한 무수한 명언을 남겼을 만큼 책을 사랑한다는 것은 특이할 게 없다.

　　그는 1930년 미국 네브래스카 주의 오마하라는 작은 도시에서 태어났다. 어렸을 때부터 돈 버는 데 관심이 많아 껌이나 콜라, 신문 등을 팔았지만 그의 어린 시절 별명은 책벌레였다. 오마하 도서관에서 투자 관련 책을 섭렵해 읽고 주식투자를 할 정도로 책에 대한 믿음이 있었다. 그의 독서력은 그의 투자 철학이 되고 부의 근원이 되었다.

철학적 사고를 통해 얻은 이론을 현장에 적용한 결과 나는 주가가 오를 때나 내릴 때나 언제든지 돈을 벌 수 있었다. 철학적 사고를 통해 얻은 이론을 금융시장에 적용하기 시작하면서부터 나는 거대한 이익을 얻을 수 있었다.

그의 투자 철학은 경제 가치에 대한 투자로 교과서적이다. 하지만 책을 통해 정확히 사안을 꿰뚫는 통찰력을 갖고 있었기 때문에 그가 이룬 성과가 가능했다. 또한 그는 "한 분야의 전문가가 되려면 다른 사람보다 다섯 배 더 읽어라"라면서 책을 많이 읽을수록 전문가로서 인정을 받을 수 있다고 이야기한다. 보통 사람들이 생각하는 이상의 열정을 책에 쏟아 붓고 자신의 것으로 오롯이 습득하라는 말이다. 워런 버핏과 한 독자와의 편지를 보면 그의 책 사랑이 얼마나 큰지 잘 알 수 있다.

안녕하세요. 워런 버핏 씨, 제 이름은 조시 윗포드입니다. 저는 지식을 구하기보다는 지혜를 구하고자 합니다. 저는 당신을 성공으로 이끈 당신의 선견지명을 존경합니다. 만약 당신이 한 번도 만나 본 적이 없는 사람에게 줄 수 있는 지혜가 단 한 가지 있다면, 그것이 무엇일지 궁금합니다.

몇 주 뒤 윗포드는 워런 버핏의 친필 엽서를 받았다.

책은 망치다

Read, read, read (읽고, 읽고 또 읽어라)

워런 버핏은 읽는 만큼 남들보다 앞서갈 수 있다는 확신이 있었던 것 같다. 책을 읽지 않는 사람은 읽는 사람의 노예가 되고, 한 권 읽은 사람은 두 권 읽은 사람의 지배를 받는다는 말이 있다. 아날로그 방식의 대명사 정도로 여겨지는 것이 책이다. 그럼에도 불구하고 책이 세상의 많은 성공한 사람들의 가까운 친구로 지낼 수 있는 것은 그만한 가치가 있기 때문이다. 책은 읽는 만큼의 이득이 있다. 읽고, 읽고 읽으면, 세상의 문리를 깨우치고 행복한 삶을 살 수 있다.

당신의 인생을 가장 짧은 시간에 가장 위대하게 바꿔줄 방법은 무엇인가? 만약 당신이 독서보다 더 좋은 방법을 알고 있다면 그 방법을 따르기 바란다. 그러나 인류가 현재까지 발견한 방법 가운데서만 찾는다면, 결코 당신은 독서보다 더 좋은 방법을 찾을 수 없을 것이다._워런 버핏

독서의 힘을 강조하는 것은 비단 워런 버핏뿐만이 아니다. 마이크로 소프트의 창업자 빌 게이츠, 발명왕 에디슨 역시 동네 도서관의 장서를 모두 읽을 만큼 책벌레들이었다. 그들이 가진 성공의 힘은 바로 책에서 나왔다고 해도 과언이 아니다.

그렇다면 이들은 왜 읽고, 읽고 또 읽었을까? 성공과 돈을 벌기 위한 것이었다면 그들이 일정한 부를 성취했을 때 독서를 멈추고 쌓아놓은 부를 누리며 인생을 즐겨야만 했다. 하지만 워런 버핏은 80대의 나이에도 여전히 대부분의 시간을 독서와 신문 구독으로 보낸다고 한다. 빌 게이츠나 에디슨도 자신들이 가진 재산과 상관없이 독서에 대한 끊임없는 열정을 보였다. 독서가 단순한 성공을 넘어 지혜와 행복의 원천임을 알기에 그들은 멈출 수 없었던 것이다. 중국 건국의 아버지라 불리는 모택동은 죽기 7분 전까지 책을 읽었고 안중근 의사는 사형 직전에 읽고 있던 책을 마저 읽을 수 있는 시간을 달라고 요청했다고 한다. 최고의 권력자가 임종하는 시점까지 한 일이 독서라니! 사형수의 마지막 소원이 따뜻한 밥 한 끼가 아니라 읽던 책을 마저 읽는 것이라니! 그들이 느꼈던 책의 매력을 우리도 공유해야 하지 않을까.

위대한 독서가들의 공통점은 통찰력이 크다는 데 있다. 통찰력은 사물이나 현상을 정확히 꿰뚫어 읽는 힘이며 세상을 잘 살아가기 위한 힘이 된다. 뿐만 아니라 사람들의 말이나 행동으로 그들의 가치관이나 사고까지 알아볼 수 있는 능력이 된다.

통찰이란 직관에 의해 갑자기 찾아온다. 직관이란 앞서 습득한 지적 경험의 결과이다.

천재물리학자 아인슈타인이 통찰에 대해 한 말이다. 책을 통한 지적 경험의 결과가 통찰력을 키워준다는 뜻이다. 책의 가치는 읽는 사람만이 알 수 있다. 책은 자기계발을 위한 최고의 방법이다. 진실로 읽고, 읽고 또 읽기를 바란다. 책 속에는 수천, 수만 명의 삶의 과정이 그려져 있고 억만 가지의 희로애락이 묻어 있다. 책 읽기를 멈추는 순간 자신의 삶도 멈출 것이다.

11 모든 앎은 나를 아는 데서 시작된다

"모든 길은 로마로 통한다." 이천 년 전 로마의 잘 포장된 도로는 로마가 세계를 지배할 수 있었던 결정적인 계기가 되었다. 로마를 중심으로 이루어진 사통팔달의 도로가 사람과 물자, 문화를 빠르게 받아들이고 정보와 교통의 핵심 역할을 한 덕분에 로마가 시대의 주역으로 급부상할 수 있었다. 그러나 전쟁 시에는 이 도로가 불리한 요인으로 작용했다. 적군이 빨리 진격해 들어왔기 때문이다. 단점이 있다고 모든 장점을 포기하고 방치할 수는 없다.

"책 속에 길이 있다", "모든 해답은 책 속에 있다."

우리가 책 속에서 찾는 답이 어떤 것인가를 생각해 보자. 상처를 치유하기 위한 읽기일 수도 있고, 성공과 꿈을 이루기 위해 지식을 얻는 것일 수도 있다. 진리와 진정한 행복을 찾는 행위일 수도 있다. 독자의 입장에서 '무엇을 보느냐, 어떤 책을 읽느냐'에 따라 삶이 변화한다. 또한 어떻게 응용하고 실천하느냐에 따라 책이 삶에 주는 방향성과 목적성은 분명히 다르게 나타난다. 이들의 다른 결과는 단순히 관점의 차이일 수도 있고 경험의 유무에서 비롯된 것일 수도 있다.

책은 인생의 본질을 가르쳐주는 보물지도와 같다. 보물 자체를 손에 쥐어주기보다는 보물을 찾을 수 있는 길을 알려주는 것이다. 책속에 길이 있다는 것을 확신하고 찾는 이는 지도를 갖고 그 길을 따라 갈 것이다. 그러나 책 속의 길을 발견하지 못하는 사람은 숨겨진 보물을 탐하기는 하되 지도를 받지도 못하고 찾아가는 길도 알지 못한다. 그런 사람은 물고기 잡는 법이 아닌 물고기 자체가 손에 들어와야만 만족하는 사람이므로 어리석은 사람이라고도 말할 수 있다.

책 속 지도를 볼 수 있는 능력은 오직 스스로의 노력으로만 가능하다. 누구는 백 권을 읽고 지도를 발견할 수 있고 누구는 천 권을 읽었는데도 찾지 못할 수도 있다. 그것은 책을 어떻게 읽었느냐의 문제일 수 있다. 책을 읽을 때마다 온전히 나의 문제에 대입해 보고 자신의 일이라고 여기면서 적극적인 독서를 해야 한다. 그래야만 책 속에서 답을 구할 수 있다. "행운은 준비가 기회를 만났을 때 생기는 것이다"라는 세네카의 말처럼 책을 읽고 꿈을 꾸면서 미래를 준비해 나가다 보면, 분명 책은 과정 속에서 길을 안내하고 때론 해답을 직접 보여줄 것이다.

『프랭클린 자서전』은 책에 대한 비밀을 알려주는 책 중의 하나이다. 프랭클린은 미국의 정치가이자 외교관이고, 과학자이자 작가였다. 그는 '프랭클린 다이어리'라는 것으로 우리에게 친근한 사람이지만, 미국의 독립과 정치에선 탁월한 능력을 가진 사람이었다. 그

제1장. 책으로 답답한 삶을 깨뜨리다

책의 전반부는 프랭클린이 자손들에게 전하고 싶은 내용으로 이루어져 있다. 세상의 이치를 정확히 밝히고 준비할 수 있는 명언들이 빼곡히 적혀 있어 읽는 이의 고개를 끄덕이게 한다. 하지만 후반부는 대중서로 써 줄 것을 부탁받았기 때문에 그 내용이 전반부에 비해 심오하지는 못하다. 그렇다 하더라도 그가 말하는 조언은 하나하나 가슴에 새기고 수시로 되새길만하다.

그리스의 철학자인 헤라클레이토스는 "같은 강물에 발을 두 번 담글 수 없다"라는 말을 했다. 세상뿐만 아니라 자신도 어제의 자신이 아니고 책을 한 권 읽을 때마다 성장하고 변화하기에 읽기 이전과 이후는 절대 같은 모습일 수 없다는 것이다. 세상을 바꿀 순 없어도 내 자신을 바꾸는 것은 어렵지 않다. 또한 세상의 모든 것을 알 순 없어도 자신을 아는 것은 어렵지 않다. 세상이 변하지 않아도 자신을 바꾸면 모든 것을 새로 볼 수 있는 것이다. "너 자신을 알라"라는 소크라테스의 말처럼 모든 앎의 시작은 자신을 아는 것으로부터 시작되어야 한다. 참된 자신을 발견하면 비로소 세상의 이치를 볼 수 있고 삶의 원칙도 정립할 수 있다.

살다 보면 스스로 자신의 길을 선택하고, 그 길을 가야만 하는 때가 꼭 한 번은 찾아온단다. 그때가 너의 꿈을 찾아가야 할 때야. 너 자신을 위한 믿음의 항해를 시작해야 할 순간이지. _세르지오 밤바렌 『꿈꾸는 돌고래』 중에서

책은 망치다

현재의 선택은 내일의 자신이 되는 것이므로 선택은 신중해야 될 뿐만 아니라 통찰력이 있어야 한다. 그래야 바른 선택을 할 수 있다. 책은 선택의 순간에 최고의 안목을 발휘하게 돕는다.

12 새로운 세상으로 떠나는 여행 티켓

　　책 속으로 떠나는 여행은 즐겁다. 야마오카 소하치의 『대망』은 일본의 춘추전국 시대 영웅들의 치열한 전장으로 나를 인도했고 그 시대를 살아가는 민초들을 만나보게 했다. 일본의 3대 영웅인 오다 노부나가, 토요토미 히데요시 그리고 도쿠가와 이에야스의 파란만장한 인생 여정도 박진감 넘칠 정도로 흥미진진하게 여행했다. 단순 무식하지만 일본의 전국시대를 끝내고 평화를 주고자 하는 자신의 신념에 따라 흔들림 없이 전진하는 오다 노부다가. 삼국지의 간웅 조조만큼의 명석한 두뇌와 전략을 가지고 전국시대를 마감하고 그 힘을 대륙으로 향하게 했던 불세출의 영웅 토요토미 히데요시. 그리고 울지 않는 새는 울 때까지 기다린다는 신념과 불굴의 의지로 최후의 승자가 된 도쿠가와 이에야스.

　　오다 노부나가가 혼노지 사에서 아케치 미쓰히데의 모반으로 전국 통일의 위업을 목전에 두고 자결할 수밖에 없었을 때는 그가 느낀 권력에 대한 회한을 같이 느꼈다. 화려한 오사카의 천수각에서 금슬 좋은 황후와 이른 봄의 벚꽃을 즐기고 늦둥이 황태자를 안고 기뻐서 어쩔 줄 모르는 토요토미 히데요시의 인간적인 모습은 한국사를 통해 그를 배운 내게 적잖은 충격을 주었다. 또한 일본 전국시대 최대의 전투이자 마지막 내전인 세키가하라 전투에서 보여준 용장, 지장 그리고 덕장으로서의 도쿠가와 이에야스의 모습은 그야말로 전쟁의 신이라 할 만했다.

이 여행이 다른 책들의 여행보다 뚜렷하고 확실하게 기억에 남은 이유는 그들이 겪고 감당했던 인생의 깊은 고뇌를 함께 나눴기 때문이다. 500년 전 일본 땅을 밟고 다니며 그들의 문화, 기술, 사회제도, 생활상 등을 관광한 것은 덤이었다. 팔천 페이지가 넘는 분량으로 마치기까지 육개 월이나 걸리는 장시간의 여행은 마지막 페이지를 덮으면서 끝이 났다.

책으로의 여행의 장점 중 하나는 최고의 관광 가이드가 항상 붙어 다니면서 설명해 준다는 것이다. 일본의 화려한 오사카 성을 누가 어떻게 만들었는지 몇 번이나 불탔는지 현장 상황을 재현해서 알려준다. 오다 노부나가가 있고 토요토미 히데요시가 함께 있으니 어찌 지루할 수 있겠는가. 그리고 일본의 동쪽 끝 작은 어촌에 불과했던 도쿄가 어떻게 에도시대를 거쳐 일본의 수도로 변했는지도 도쿠가와 이에야스의 영웅담을 통해 알게 되니 일석이조였다. 어느 관광 가이드보다도 작가는 자신의 책 속에서 최고의 가이드 역할을 한다. 그 시대의 삶과 인물들을 누구보다도 잘 알고 연구해서 쓴 사람이기 때문이다. 독자는 단순히 읽는 과정을 통해 그것들을 즐기기만 하면 된다.

책으로 여행을 떠날 때 특별히 챙겨야 할 준비물은 없다. 시간과 공간에 대한 제약도 없다. 이집트의 룩소르를 가든, 왕궁에서 잠을 자든 예약할 필요도 없다. 짐을 싸는 번거로움도 없다. 일반 여행은 먹고 보고 즐기는 것이 대부분을 차지하지만 책 속에서의 여행은 사람의 향기가 특히 진하게 나는 여행이다. 더불어 그 속에서 삶의 진리를 배우고 미래를 준비할 수 있는 힘과 용기를 주는 여행이다. 외롭고 지쳤을 땐 위로와 새 힘을 얻는 여행이 되고, 한 치 앞도 보이지 않는 어둠 속에 있을 때는 밤하늘의 북극성이 되어 길을 찾는 여행이 되어 준다.

우리는 편도 마차 승차권으로 한 번 여행이 끝나고 나면 다시는 삶이라는 마차에 오를 수 없다. 그렇지만 만약 당신이 책을 한 권 들고 있다면 그 책이 아무리 이해하기 어렵고 복잡하더라도 당신은 그 책을 다 읽은 뒤에 언제든지 처음으로 되돌아가 다시 읽음으로써 어려운 부분을 이해하고 그것을 무기로 인생을 이해하게 된다.

터키의 노벨문학상 수상자 오르한 파묵은 『하얀성』에서 이같이 말했다. 우리의 인생과는 달리 책 속에서의 삶은 왕복 승차권이라는 데 최고의 위안이 있다. 삶에서 저지른 실수나 뼈저린 경험은 돌이킬 수 없지만 책은 관대하게 용서해 주고 또 다른 기회를 준다. 좀 더 좋게 말하면 인생에서 한 수 무르기를 가능하게 해주는 것이 책이다. 이는 어떤 신도 여러분에게 줄 수 없고 허락할 수도 없는 선물이다.

여행이란 나그네가 된다는 것으로, 낯선 곳으로의 떠남을 말한다. 똑같은 곳을 다시 가면 여행의 흥미도 반감되고 깨닫는 것도 없다. 책 속에서의 여행도 아는 지식만 따라가는 것보다는 새로운 지식과의 만남을 사랑해야 진정한 즐거움이 있다. 게다가 창의력까지 얻을 수 있으니 무슨 말이 더 필요하겠는가.

책은 한 장의 여행 티켓이다. 어디든 무료로 입장할 수 있는 패스권이다. 시간과 공간의 제약을 받지 않고 안전하게 돌아올 수 있는 왕복 승차권이다. 작가나 자신의 내면세계까지도 성찰할 수 있는 최고의 승차권이다.

제1장. 책으로 답답한 삶을 깨뜨리다

책을 손에서 놓지 마라

독서 습관 만드는 방법

책을 잘 읽는다는 말은 독서력이 높다는 뜻이다. 그동안 읽어왔던 시간의 양에 따라 독서력은 좌우된다. 반대로 독서력이 낮다는 말은 책을 읽은 시간도 적고 독서 습관도 없다는 의미다. 독서에 대해 가지고 있는 뿌리 깊은 고정관념은 책은 서재 같은 조용한 곳에서 심오하게 읽어야 한다는 생각이다. 따라서 책을 읽으려면 마음을 단단히 먹어야 한다. 제법 긴 시간을 필요로 하고, 분위기도 잡혀 있는 장소여야 독서가 가능하기 때문이다. 도서관이나 서재, 카페 같은 곳이어야 한다. 아마 드라마나 영화 속의 장면에서 본 듯한 모습을 그리는 것일지도 모른다.

하지만 현실의 독서는 다르다. 식사하면서 읽을 수도 있고, 달리는 버스나 전철에서도 읽을 수 있을 뿐만 아니라 서서도 책을 읽을 수 있다. 심지어 음식을 주문하고 기다리는 시간에도 읽을 수 있다. 이것이 바로 독서 습관이다. 책 읽기에서 가장 중요한 것은 독서 방법이나 책의 종류가 아니라 독서 습관이다. 자기 자신의 습관이 되어야 진정한 독서가가 되는 것이다.

독서 습관이 몸에 배게 하는 가장 좋은 방법이 있다. 그것은 손에서 책을 놓지 않는 것이다. 하루에 몇 시간 동안 책을 읽는다는 계획보다 언제 어디서나 책을 읽을 수 있는 상태가 되어야 가장 좋은 독서 습관을 가질 수 있다. 거창하게 독서 계획을 세울 게 아니라 순간순간 무의미하게 흘려보내는 시간 동안 자신을 위대하게 만드는 책 읽는 시간으로 보내는 것이 중요하다. 혼자 식사하는 동안, 화장실에서 볼일을 볼 때, 미팅 시간에 상대를 기다릴 때, 대중교통을 이용할 때, 소파에 앉았을 때, 침대에 누웠을 때 등등 언제든 책이 자신의 손 안에 있게 만드는 환경이 필요하다. 가방 안에는 항상 두 권의 책이 있어야 하고, 이동할 때마다 잠깐이라도 책을 읽을 수 있는 환경을 만드는 것이 필요하다. 습관이 되기까지는 자신의 의지로 의도적으로 독서 환경을 만들어야 한다. 독서의 맛을 알고 나면 자신도 모르게 그런 환경을 만든다. 그리고 가방 안에 꼭 포스트잇을 여분으로 가지고 다녀라. 순간을 기억하는 것은 자신의 머리가 아니라 포스트잇이기 때문이다.

독서팁

자신이 좋아하는 작가의 책을 산다는 것은 그의 영혼을 사는 것이며 작가의
전집을 산다는 것은 그의 영혼을 독점하고 싶은 의지의 또 다른 표현이다.

2

작가에게
배운다

1 제2의 눈에서 모든 이야기가 시작된다

        사람은 네 개의 눈을 가지고 있다. 직접적으로 외형에 나타난 대로 보는 육안, 알고 있는 지식으로 바라보는 뇌안, 가슴으로 읽어내는 심안, 영혼을 통해 통찰력으로 보는 영안이다. 책상 위에 손목시계가 있다. 분침, 초침이 보이고, 커다란 원통형의 판과 손목에 찰 수 있는 밴드가 보인다. 이것은 육안으로 본 것이다. 손목시계는 정교하게 만들어져 있다. 속에는 초침, 분침과 시침이 움직이도록 기어가 서로 맞물려 있고 태엽장치 등의 기계적인 작동 시스템이 있다. 이것은 뇌안, 즉 자신이 아는 지식으로 바라본 것이다. 연인을 만나기 전에는 주위도 처다보지만 시간도 자주 보게 된다. 시계를 바라보면서 너는 쉬지도 않고 일을 하는구나, 라는 생각을 하며 시계를 쓱 닦아준다. 이것은 마음으로 보는 심안이다. 어느 날 시계가 멈추어서 문득 자신의 삶을 되돌아보니 시계와 별반 차이가 없다. 부지런히 일하다가 때가 되면 떠나야만 하는 단 한 번뿐인 인생이라는 것을 깨닫는다. 영혼을 통해 세상을 꿰뚫는 통찰, 이것은 영안으로 보는 것이다.

작가는 제2의 눈을 가지고 있다. 일반 사람들이 세상을 바라보는 눈은 형이하학적인 육안과 뇌안이다. 자신이 보고 싶은 것만 보고 아는 만큼만 볼 수 있는 진실의 눈이기도 하다. 하지만 작가는 형이상학적인 심안과 영안을 가진 사람들이다. 그 눈은 깊은 사색이나 본질을 꿰뚫는 통찰력을 통해 사물의 본질이나 존재의 근본 원리를 바라보는 혜안이며 영혼의 눈이다. 이 눈은 사물이나 현상을 꿰뚫어볼 뿐만 아니라 인간이나 사회를 통찰할 수 있다. 작가의 위대함은 여기에 있다.

육체의 눈은 보이는 앞만 볼 수 있다. 하지만 작가의 심안은 동서남북 어디든 볼 수 있으며, 인간의 지식만으로 볼 수 있는 뇌안과는 달리 작가의 영안은 지식의 한계를 넘어서까지 볼 수 있는 눈이다. 볼 수 없는 것, 느낄 수 없는 것, 이해할 수 없는 것을 보고 느끼고 이해할 수 있는 능력이 작가에게 있다.

우리들이 좋은 책이라고 말하며 위대하다고 부르는 작가는 모두 그만이 볼 수 있는 혜안을 통해 보여주는 모습에 감동하고 감화를 받는다. 육안과 뇌안으로 쓰는 글은 유려하지만 감동이 없다. 심안과 영안으로 쓴 글은 부족하더라도 심금을 울린다. 독자가 보지 못한 곳을 보여주고 지식의 한계를 넘어서는 곳에서부터 작가의 이야기가 시작되기 때문이다. 한편으론 그 눈 때문에 작가는 비틀어진 프레임으로 세상을 바라보는 비관주의자가 될 수도 있는 위험을 내포하고 있다. 이미 사회관계 속에서 옳음과 그름, 정의와 불의 간의 기본 관계가 뒤틀어져 있는데 세상은 그런 문제점을 콕 짚어내는 극소수의 개혁가들을 그렇게 부른다. 그들의 삶은 외롭고 영혼은 지치기 쉽다. 하지만 이것 또한 작가의 숙명이다.

> *연탄재 함부로 차지마라! 너는 누구에게 한 번이라도 뜨거운 사람*
> *이었느냐! _「너에게 묻는다」 안도현*

이 시는 육안으로만 본 것을 쓴 시가 아니다. 물리적인 시선 그 너머를 꿰뚫는 혜안을 포착해서 쓴 것이다. 이런 시를 어떻게 읽어야 제대로 읽을 수 있을까. 모든 운동에 기술이 필요하듯 책을 읽을 때도 기술이 필요하다. 특히 시는 더욱 그렇다. 안도현 시인은 머리의 이성이 아닌 가슴에서 나오는 감성으로 글을 썼다. 그렇다면 시를 읽는 독자도 역시 가슴으로 읽어야 제대로 읽는 것이 된다. 좋은 시 하나를 쓰기 위해서 시인은 몇날 며칠을 사색하며 궁리한다. 아니 그보다 더 오랜 시간을 두고 숙성시켜야 완전한 작품 하나가 세상에 나온다. 하지만 우리는 그 시를 읽는데 단 일 분을 쓴다. 남이 고생한 작품을 날로 먹겠다는 도둑놈 심보다. 어떤 책은 논리적이고 이성적으로 읽어야 하지만 가슴으로 읽고 숙고해야만 하는 책들도 있다.

우리는 책을 읽으면서 수없이 많은 작가들과 영혼의 대화를 나눈다. 그들이 조용히 들려주는 얘기에 귀 기울이기도 하고, 세상의 비밀을 가르쳐줄 때는 숨을 쉴 수 없을 만큼 기뻐도 한다. 의견이 다를 때는 묻기도 하고 다투기도 많이 한다. 책을 다 읽은 후에는 사색에 빠져 들어 생각을 정리하는 시간을 갖는다.

책을 읽을 때 어려움을 느끼는 이유는 기본 지식이 부족할 수도 있고, 책을 많이 읽지 않아서 그럴 수도 있고, 다른 문화와 환경에서 오는 이질감 때문일 수도 있다. 하지만 이런 모든 물리적인 이유를 합해도 그것보다 더 중요한 이유가 있다. 바로 작가의 시각 때문이다. 어느 관점에서 보느냐에 따라 작품의 의미가 달라진다. 콜라병을 보고 모두가 인체를 닮았다고 하는데 누가 그냥 동그라미일 뿐이야, 라고 말한다면 어떻겠는가. 모두가 아는 통념으로 책을 쓰는 바보는 없다. 콜라병을 앞에서만 볼 수 있는 것이 아니라 위에서나 밑에서도 볼 수 있는 사람이 작가이다. 동그라미라고 말한 것은 거짓이 아니고 사실이다. 다만 보는 각도가 다를 뿐이다.

때론 작가도 얼토당토 않는 이야기를 전개하기도 하고, 읽고 싶은 사람만 읽으라는 식으로 수준 높은 독자만 볼 수 있도록 선을 그어놓기도 한다. 독자는 그런 책들을 선별할 수 있는 눈이 필요하다. 그 얼토당토 않는 얘기 중에서 아이디어가 나올 수도 있고, 교만한 작가의 책이 대중서보다 훨씬 지혜를 많이 주는 경우도 있다. 에밀 파게의 『단단한 독서』에 니체의 이야기가 있다.

우리는 글을 쓸 때, 그저 이해받기를 바랄 뿐 아니라, 이해되지 않

기도 원한다. 이것은 책과 대적하여 거부하려는 게 아니다. 누군

가 책을 도저히 이해할 수 없다고 생각한다면, 그 또한 '아무에게

나' 이해받고 싶지 않다는 저자의 의도에 들어맞기 때문이다. 그러므로 뛰어난 정신은 각별한 취향의 소유자라면 누구나, 자신이 소통하고 싶은 청중을 선택하고자 한다. 선택하면서 '그 외의 사람들'에게 제한을 둔다. 글쓰기에서 모든 교묘한 규칙의 기원이 바로 이러하다. 먼 상태를 유지함과 동시에 거리를 만들고 '입구'를, 이해를 막아선다. 그러는 동안 앞서 말한 바와 같이 그들의 귀를, 우리와 동류인 사람들의 귀를 열어 준다.

인간의 능력은 엄청나다. 거대한 빙산에 빗대어 표현하면 우리 눈에 보이는 빙산은 의식의 힘이고 물속의 빙산은 잠재능력이다. 우리에게 대입하면, 현재 사용하고 있는 능력은 2%이고 나머지 98%에 해당되는 잠재능력은 계속 잠자고 있음을 말해 준다. 뇌안과 육안으로 볼 수 있는 표면적 자신의 능력과 심안과 영안으로 볼 수 있는 자기 내면세계의 차이와도 같다. 작가는 심안과 영안을 사용하여 작품에 담아내야 한다. 그래야 독자들에게 발휘되는 영향력이 배가 된다.

2 토끼를 달에 보낸 사람이 작가이다

　　다섯 량의 객차를 가진 기차가 있다. 첫째와 셋째, 마지막 객차는 투명유리창으로 되어 있어 이런저런 유형의 손님들이 타고 있는 것이 보인다. 넷째 칸은 투명 유리로 되어 있지만 손님은 없고 텅 비어있다. 두 번째 객차는 검은색 선팅으로 안을 들여다 볼 수 없다.

　　"투명유리창으로 된 텅 빈 네 번째 객차 안을 채우라면 무엇으로 채우겠는가?"라고 누군가 물었다. 질문을 받는 순간 여러분의 머릿속에는 달리는 기차가 연상되고 어떤 것으로 채우면 아름다운 기차의 풍경을 완성할 수 있을까를 고민하게 된다. 또 바로 이어지는 질문, "둘째 칸에는 무엇이 있을까?"라는 질문에는 적잖이 당황할 것이다. 아무도 없을까? 아니면 멋진 신사가 책을 읽고 있을까? 아니면 전혀 새로운, 절대 상상도 하지 못한 것이 있지 않을까 등등 두서없이 떠오르는 것들을 얘기할 것이다. 의문의 둘째 칸, 넷째 칸의 객차는 여러분의 상상력과 창의력을 발휘할 수 있는 공간이 된다. 나는 이런 질문을 즐기는 부류의 사람들을 잘 안다. 바로 작가들이다.

검은색 선팅으로 된 둘째 칸에 무엇이 있는지 아니면 왜 그 객차만 진한 선팅이 되어 있는지는 첫 번째와 세 번째 칸을 잘 관찰하고 이해해야 좋은 연결 고리를 찾을 수 있다. 역시 네 번째 객차의 빈 공간을 채우는 창의력 역시 무에서 유를 창조하는 것이 아니라 앞·뒤의 서로 다른 모습을 통해 새로운 것을 창출해야 더욱 빛날 수 있다. 물론 전혀 색다른 것들을 제시하며 우리를 놀라게 하는 상상력을 가진 사람들도 있다. 하지만 그 역시 엉뚱함을 넘어서 고개를 끄덕이게 만드는 데에는 그만한 논리를 갖춰야 한다. 아는 만큼 보이고 들리고 말할 수 있는 것처럼 상상력도 마찬가지다. 경험이 많을수록 상상력은 풍부해지고 창의력은 샘솟는다.

개인이 상상할 수 있는 범주는 자신의 경험과 어휘의 수준에 의해 결정된다고 한다. 여기서 중요한 것은 아는 단어만큼 상상할 수 있다는 말로 생각의 크기는 언어의 크기와 비례한다는 것이다. 과학적으로 검증된 결과이기도 하다. 생각은 있으되 말이나 글로 표현하지 못한다면 그것은 없는 것과 마찬가지 아니겠는가.

작가는 상상력이 가장 풍부한 사람이다. 그들은 일반 사람들이 경험할 수 없는 신세계를 책을 통해 무수히 떠돌아다니며 간접 체험을 한다. 또한 언어의 향연이 벌어지는 책 속에서 삶의 대부분을 보내는 작가에겐 그에 준하는 언어의 힘, 즉 언어력이 존재한다. 어찌 보면 상상력은 단어와 단어, 문장과 문장 사이를 연결해 주는 열쇠라고도 말할 수 있겠다. 아는 단어가 많고 수준이 높으면 당연히 상상력을 표현하는 길도 풍부해질 수밖에 없다. 그로 인해 독자의 마음을 사로잡고 읽는 쾌감을 느끼게 한다.

창의력은 새로운 것을 만들어내는 힘이다. 상상력으로 그려낸 이미지를 현실에 적용하고 변화시키는 힘이 창의력이 되는 것이다. 바로 이런 상상력과 창의력이 작가의 무기이다. 이 말을 역으로 해석하면 상상력과 창의력을 배우기 위해선 작가를 만나야 하고 직접 대면할 수 없다면 책을 통해 배워야 함을 말한다. 진실로 작가의 통찰력은 뛰어나다. 몇 천 년 전의 역사를 보지 않고도 논리나 감성으로 공감되게 글을 쓴다. 인류가 달에 사람을 보내기 수천 년 전에 이미 토끼를 달에 보낸 사람이 작가들이다.

정형화된 교육의 틀에서 바른 교육을 받다 보니 상상력·창의력이 다소 어렵게 느껴지는 것은 사실이다. 상상을 해보라는데 틀에 박힌 상상밖에 못 하거나, 창의력이 대세라는데 엉뚱한 창의력으로 혹 실수할지 모른다는 고민이 된다면 통섭의 방법을 찾아보자. 미래에는 통섭의 힘을 키우는 데 힘을 쏟아야 한다.

윌슨 교수가 쓰고 최재천 교수가 번역한 『통섭』이란 책이 한창 화두가 된 지 오래다. 그는 인문학과 자연과학이 소통하고 통합하여 새로운 것을 만들어낸다는 의미의 학문이라고 인터뷰했다. 자연과학자인 최재천 교수의 관점에 치우친 해석이란 논란이 있기도 하지만 중요한 점은 이질적인 두 학문이 만나 창의적인 생각을 만들어냈다는 것이다. 생각해 보면 통섭이란 단어만 낯설었지 우리가 사는 세상의 모습은 모두 이런 어우러짐을 통해 발현되었다.

요즘 기업들이 원하는 인재상도 바로 통섭형 인간이다. 초고속 인터넷과 공장자동화 기술의 평준화로 기업들은 더 이상 가격적인 차별화나 기술적인 차이를 담보할 수 없는 세상이 되었다. 애플의 스티브 잡스는 인문학적 감성과 자연과학적 기술을 접목한 제품으로 애플을 세계 최고의 기업으로 만들었다. 통섭형 인간의 전형적인 성공 사례로 그를 지목하는 이유다. 기업들 또한 통섭형 인간으로 바꾸기 위해 회사 내 교육을 강화하고 신입 사원의 자격에 인문학적 소양이 풍부한 사람을 요구하기도 한다.

요즘 '4차 산업혁명'이라는 단어가 귀에 들리고 눈에 자주 띈다. 네 번째로 세상을 바꿀 만한 혁명이 온다는 것이다. 혁명이란 지축을 흔들 정도로 사회뿐만 아니라 개인에게도 큰 영향을 끼치는 사항이다. '인공지능', '로봇기술', '사물 인터넷'과 '빅데이터' 등을 통한 새로운 융합이 빠르게 진행된다는 것이 4차 산업혁명의 요지이다. 좀 더 자세히 설명하면 '초지능'과 '초연결'로 대변된다. 바둑의 신 이세돌을 이긴 구글의 '알파고'는 시작에 불과하며, 그 몇백 배 또는 몇천 배의 지능을 가진 인조인간이 탄생할 수 있음을 알렸다. 기존의 로봇이 인간의 단순 노동을 대체한 것과는 달리 정밀성과 정확성을 두루 갖춘 로봇이 대부분의 일을 대신하는 세상이 되는 것이다. 기존의 산업혁명에서 습득한 경험치로 미루어 호들갑을 떨면서 준비할 필요는 없겠지만 중요한 순간이 오고 있는 것만은 확실하다. 기회는 정체

되고 안정되어 있을 때 오는 것이 아니라 격변의 세상일 때 훨씬 빨리 다가온다.

인간의 힘을 기계의 힘으로 바꾼 1차 산업혁명은 대토지를 가진 봉건 영주들은 몰락시키고 농부들이 농촌을 떠나 공장에서 하루 종일 일하는 도시의 빈곤한 삶을 살게 했다. 반면 신흥세력이라 불리는 공장주나 기업가들은 자본주의의 핵심으로 떠올랐다. 기계와 전혀 상관없어 보이는 영주가 몰락하고 열심히 땅만 보고 일하던 농부에게는 청천벽력 같은 상황이 벌어진 것이다. 이렇듯 혁명은 모든 것을 한순간에 바꾸어 버린다.

인공지능과 로봇으로 대표되는 4차 산업혁명을 역풍이 아닌 순풍으로 만드는 지혜가 우리에게 필요하다. 다가올 산업혁명을 이해해야만 준비가 가능하다. 한 마디로 인공지능 로봇이 지배하는 세상이 된다는 것인데, 반대로 인공 지능 로봇이 할 수 없는 것을 찾으면 자신이 준비해야 할 미래를 알 수 있다. 똑똑한 로봇이 할 수 없는 영역, 작가에게 버금가는 상상력과 창의력을 발휘해 보자. 통섭의 의미를 아무리 포장해도 본질은 상상력과 창의력을 밑거름으로 하기 때문이다.

4차 산업혁명의 블루오션은 통섭의 지식에서 시작됐다. 궁극적으로 미래에 필요한 인재는 상상력이 풍부하고 창의적인 생각을 하는 사람들이다. 지금도 이런 사람들은 충분히 대우받고 있음을 우리는 안다. 아리스토텔레스, 아르키메데스, 레오나르도 다빈치, 우리나라의 정약용 같은 인물은 모두 통섭형 인간이다. 이들은 모두 책 읽기를 권한다. 남다른 상상력과 창의력을 갖고 표현한 작가들의 작품을 읽어 상상력을 키우라는 것이다. 작가의 상상력을 받아들이는 순간 자신의 경험과 생각 속에 내재돼 있던 창의력과 통섭되어 여러분에게 새로운 세상을 보게 할 것이다.

3 내 삶의 주인으로 살다

무언가를 간절히 원할 때, 온 우주는 자네의 소망
이 실현되도록 도와준다네.

파울로 코엘료의 『연금술사』에 나오는 내용으로 개인이 지닌 자유의지가 강한 신념이 되어 자신을 변화시키고 꿈을 이루게 하는 원동력이 된다는 말이다. 깊이 있는 문장으로 세계인의 사랑을 받고 있는 파울로 코엘료이지만 그에게도 아픔은 있었다. 유년 시절, 부모에 의해 강제적으로 세 번이나 정신병원에 입원해야 했다. 작가에 대한 지나친 환상과 체 게바라와 같은 급진적인 혁명가에 심취해 있었기 때문이라고 한다. 또한 그는 군사독재 정부를 반대하는 활동으로 구속되어 고문을 당하기도 했다.

어떤 한 가지 사물이 진화할 때, 그 주위에 있는 모든 것들도 더불
어 진화한다는 걸 그들은 알고 있었던 걸세.

코엘료는 어려서부터 많은 책을 읽고 글을 쓰며 작가의 꿈을 키워왔는데 세상의 부조리와 모순, 동물과 다를 바 없는 약육강식의 인간 세계, 가진 자와 못 가진 자로 나뉘는 불공평한 세상과 마주치게 된다. 그는 한 사람의 진보적인 생각과 행동의 영향이 모두에게 혜택을 준다는 것을 알고 거침없이 사람들에게 알렸다. 파올로 코엘료의 소설 『베로니카 죽기로 결심하다』는 그의 자전적인 이야기로 진보를 희망으로 보는 코엘료 자신의 의지적인 삶이 나온다. 사회의 부조리와 불평등을 바꾸고자 하는 그의 의지를 부모조차도 외면하고 정신병원에서 보낸 아픔을 그려냈다. 이야기의 배경은 진보다. 역사 발전의 합법칙성에 따라 사회의 변화와 발전을 추구해야 한다는 것이다.

위대한 철학자인 니체도 세상을 향해, 부조리와 어리석은 인간을 향해 끊임없이 책을 망치로 휘두른 작가이다. 기존 질서와 고정관념을 깨기 위해 그는 책을 혁명의 도구로 삼았다. 뿐만 아니라 종교도 정부도 아닌 스스로 주인이 되는 삶을 살기 위해 자유의지를 강조했다.

식인종의 나라에서 고독한 자는 홀로 있을 때 스스로를 먹어치우고, 대중과 함께 있을 때는 대중이 그를 먹어치운다. 그러니 어느 쪽이든 망설이지 말고 마음 가는 대로 선택하라.

니체는 사회의 진보는 각 개인의 의식 변화에서 오는 힘임을 알았다. 민주주의에서 권력자나 지도자들이 더 이상 죄의식을 느끼지 않는 이유를 『생각의 망치』에서 이렇게 설명했다.

> 민주주의는 인간을 이 새로운 제도에 알맞게 사육할 것이다. 그리고 이 제도를 지배하는 몇몇 인간들은 지금까지 유례를 찾아볼 수 없는 명예와 부를 누리게 될 것이다. 이들의 교양이 보편화되어 그들의 욕구에 맞게 우리는 교육받고, 기능하고, 복종하는 날이 도래할 것이다. 나는 반드시 말해야겠다! 민주주의는 전제적 지배자에게 면죄부가 될 뿐이다. 그들은 민주주의 덕분에 더 이상 죄의식을 느끼지 않고 수탈을 감행할 것이다.

놀라운 통찰력이다. 현대 민주주의라는 이름으로 자행되는 현상들이 적나라하게 드러나지만 묵인하고 간과하는 사람들에게 경종을 울리고 있다. 니체는 글로써 사람들을 깨우고 세상의 불합리를 책을 통해 망치로 깼다. 세상의 부조리에 돋보기를 들이대야 하는 작가가 전통적인 것을 옹호하고 유지하려 보수가 된다는 것은 어불성설이다.

진보주의란 일반적인 가치로 인정되어 오던 낡은 전통이나 정책, 체제 등에 반대하여 그 틀을 허물고 새로운 가치체세나 정책을 창조하는 사상이나 태도를 말한다. 진보는 세상을 좀 더 좋은 곳으로 한 발짝 움직이는 힘이다. 기존의 가치 사슬은 기득권층의 힘들로 거대하게 연결되어 있어 끊는다는 것이 불가능해 보일 때도 많다. 소위 기득권층이라 불리는 보수는 자유방임경제에서 살아남는 자가 모든 것을 얻는 다윈의 진화론을 주창한다. 하지만 인간의 기본권인 생명의 존엄과 기회의 균등이라는 입장에서 본다면 별로 신뢰성 없는 공허한 메아리다. 진보의 짐을 메는 것이 생명을 담보하는 위험이 도사리기도 하지만 누군가는 감당해야 하는 몫이다. 그렇다면 세상을 가장 잘 이해하는 작가가 앞장서야 한다. 역사의 발전은 진보주의의 모험과 희생이 쌓인 자리 위에서 자라는 것이다.

위대한 사회 개혁과 발전 뒤에는 훌륭한 작가가 있었다. 프랑스 대혁명의 사상적 기초가 된 인권과 자유, 국민이 주인이라는 말은 장 자크 루소가 책을 통해서 한 말이다. 이 말은 프랑스 대혁명의 불쏘시개가 되고 기존의 사회질서를 바꾸는 개벽의 말이었다. 또한 그는 저서 『사회계약론』에서 "인간은 자유로운 존재로 태어났다. 그러나 어디를 봐도 그에게는 족쇄가 채워져 있다"라는 말로 인간이 자연적인 법칙에 따라 태어났지만 세상에 나오자마자 온갖 사회적 속박인 관습, 규범 등에 얽매이는 존재가 되었다고 설명한다. 맞는 말이다. 자유는 권력의 기준이 되어 권력자일수록 큰 자유를 가지며 사회 약자일수록 겹겹의 족쇄가 채워져 살아가고 있음을 우리는 안다.

진보란 손해를 감수하려는 의지를 표현하는 것이며, 사회 부정, 부조리, 불평등을 바꾸려는 험난한 길이기도 하다. 조그만 집단에서의 부조리도 바로 잡기 어려움을 이해한다면 세상의 변화는 목숨을 건 투쟁이기도 하다. 움직이지 않으면 후퇴할 수 있기에 올바른 곳을 향해서 우리는 전진해야 한다. 자신이 직접 겪는 일이 아니라고 해서 소홀히 할 게 못 된다.

나치가 공산주의자들을 탄압할 때 나는 공산주의자가 아니었기 때문에 나서지 않았습니다. 그리고 그들이 유대인들을 탄압할 때 나는 유대인이 아니었기 때문에 나서지 않았습니다. 그다음 그들이 노동조합을 탄압할 때 나는 노조원이 아니었기 때문에 나서지 않았습니다. 그다음 그들이 가톨릭을 탄압했지만 나는 개신교 신자였습니다. 그래서 나는 나서지 않았습니다. 그러나 그다음 그들이 나를 탄압했고…. 그즈음엔 나를 위해 나서주려는 사람이 없었습니다.

독일 개신교 지도자인 마틴 니에몰러 목사가 나치의 독재에 항거하면서 깨달은 진리를 글로 썼다. 이 글은 우리가 간과하고 있던 문제를 직시하게 했고 잘못을 인식하게 했다.

작가의 현실인식과 통찰력은 시대를 이끌어갈 진보주의자가 되기에 부족함이 없다. 책이라는 매체를 통해 사람을 변화시키고 세상을 바꿀 수 있는 능력을 가지고 있기 때문이다. 권력자들이 가진 시한부적인 힘보다 강한 펜의 힘을 가지고 있다. 한 사회를 움직이게 할 수도 있고 천년을 넘어 영향력을 행사할 수도 있다. 사람에 대한 애정과 올바른 세상에 대한 전진을 갈구하는 작가가 많을수록 좋은 세상이 빨리 올 것으로 믿는다. 세상의 빛과 소금의 역할은 작가에게 주어진 의무이기도 하다. 알고도 행동하지 않는 양심은 악이 된다.

4 작가는 거짓말쟁이일 수밖에 없다

"한 권의 책만을 읽은 사람이 가장 위험하다." 이 말은 사람들이 빠지기 쉬운 편견이나 맹신을 우려해서 나온 말이다. 아예 모르면 판단할 근거가 없기에 고집을 부리기 불가능하고, 아주 많이 알면 어떻게든 진리에 이르는 길을 앎으로써 악으로 빠질 수 없다. 어설프게 아는 사람은 자신이 아는 것이 전부라고 생각하고 섣부른 판단이나 아집으로 상대를 당혹시킨다. 그러기에 책을 읽기 시작했다면 글이나 세상의 이치를 알기까지는 부단히 읽는 습관을 들여야 한다. 지혜란 특별한 책 한 권을 읽는다고 해서 오는 것이 아니라 축적된 지식과 지식이 통합되거나 화학반응을 일으킬 때 얻어지는 깨달음이기 때문이다.

한 권의 책이 세상만사를 다 알려줄 수 없듯이 한 작가의 지식과 지혜에는 한계가 있다. 경험을 많이 했다 하더라도 백사장의 모래 몇 톨 정도이고, 엄청난 책을 읽었다 하더라도 미국국회도서관의 보관된 책에 비하면 빙산의 일각밖에 안 된다. 한 분야의 책을 읽어도 생각이 서로 다른 작가들의 글을 읽고 자신의 지식과 경험에 대입해 사고력을 높여야 하는 것이다. 특정한 책이나 작가에 대해 맹종하는 것은 책을 읽는 사람이 주의해야 할 점이다.

작가는 자세한 관찰이나 자신의 상상력을 동원하여 세상에 없던 얘기를 창작하는 사람이다. 과학 서적이나 전공서적 일부를 제외하곤 거의 모든 분야에서 거짓말이 동원되고 심지어는 좀 더 그럴듯하게 거짓말을 잘하는 사람에게 작가의 명예와 부를 선사하기까지 한다. 실제로 위대한 철학자나 사상가들이 한 말들이 검증된 사례는 없다. 소설가나 시인의 은유나 강조에 등장한 문장도 우리 생활에 바로 적용되어 실증된 사례가 거의 드물다. '은유'나 '강조'가 사실이 아님은 단어 스스로가 내포하고 있기도 하다. 수필가들의 깊은 사유의 결과물도 사실만을 얘기하진 않는다. 세상의 진리가 하나 더하기 하나는 둘인 것처럼 명확하다면 굳이 많은 책을 읽지 않아도 되고 삶에서 방황할 필요도 없다. 우리가 책을 읽어도 삶의 문제를 해결할 명쾌한 답을 못 찾는 이유가 여기에 있다.

모든 것을 아는 사람은 없다. 우리가 알고 있는 부분은 정보가 될지언정 책은 될 수 없다. 이런 문제의 빈 공간을 채워주는 것이 작가의 상상력이고 창조력이다. 조정래의 『태백산맥』은 해방 후부터 한국전쟁을 전후한 시기의 빨치산의 행적과 이념 대결로 희생된 지리산 일대 사람들의 삶을 그린 장편소설이다. 조정래 작가는 6년간의 치열한 연재 과정에서 수많은 검증과 지리산 일대를 체험했다고 한다. 책 하나를 완성하기 위해서는 검증과 체험뿐만이 아니라 도저히 메울 수 없는 빈 공간을 작가의 논리나 상상으로 채워야 한다. 그가 발휘한 논리력과 상상력은 『태백산맥』이 가진 궁극적 특성이 되었고 독자를 이끄는 무기가 되었다.

미국인뿐만 아니라 세계인이 존경하는 미국의 16대 대통령 에이브러햄 링컨은 지금도 수많은 책에서 언급되고 있다. 노예 해방의 영웅으로서 불우한 어린 시절을 극복한 위인으로서 완전무결한 인간성을 가진 사람으로 묘사된다. 이것은 진실일까. 여러 책과 자료를 찾아본 결과, 링컨은 노예해방을 반대했지만 정치적인 이유로 노예해방을 주장하는 북군을 택했고 궁극적으로 노예해방을 할 수밖에 없었다는 논리도 곳곳에서 발견된다. 부정선거를 저질렀으며 정치적인 이유로 악을 행하기도 했다. 또한 금슬 좋은 부부도 아니었고 아내인 메리도트의 사치스러움은 프랑스 대혁명 때 형장의 이슬로 사라진 루이16세의 황후인 마리 앙투아네트와 다를 바 없었다고 한다.

링컨의 삶이 이렇게 상극적으로 묘사된 데에는 책을 쓴 작가의 시각과 목적이 다르다는 것에 그 이유가 있다. 훌륭한 사람으로 묘사될 때와 지극히 인간적인 모습을 서술할 때에 그를 바라보는 시선을 달리할 수밖에 없기 때문이다. 작가는 책을 쓸 때 모든 것을 공평하게 다루지 않는다. 목적이나 말하고 싶은 부분에 돋보기를 들이대고 보는 사람들이고 반대편은 쳐다보지 않으려고 하는 사람들이다.

작가의 개성은 글을 풀어나가는 방법에 있다. 다른 말로 하면 작가만의 시각으로 세상을 본다는 것이다. 일반 사람들이 동전이 동그

랗다고 말하지만 그들은 직사각형이나 일직선이라고 말할 수 있는 사람들이다. 쥐는 어둡고 지저분한 음식을 탐하는 혐오의 대상이라고 말할 때, 작가는 완전히 다른 시점에서 자기보다 훨씬 크고 천적인 고양이를 가지고 놀며 지혜를 가진 예쁜 생쥐로 표현할 수 있다. 독자가 보지 못하는 영역에서 신체의 모든 감각을 이용해 확인하고 상상력을 발휘하여 말할 수 있는 능력자들이다. 인간은 이미 학습된 내용에 대해서는 강한 믿음을 가지지만 새로운 것에는 거부감과 함께 편견을 갖는다. 인간이 자신을 만든 신의 존재를 알 수 없듯이 작가의 새로운 창조물은 반드시 의심의 단계를 거친다. 이 점이 결정적으로 작가들이 아주 그럴듯한 거짓말쟁이가 될 수밖에 없는 이유이기도 하다.

작가는 그럴듯한 거짓말쟁이인 동시에 세상을 만들어가는 창조자다. 우리는 거짓말쟁이 작가들을 사랑한다. 그들이 하는 거짓말이 자신의 이익을 취하기 위함이 아니라는 것을 잘 알고 있기 때문이기도 하지만 그들의 무한한 상상력이 개입된 거짓말이 우리에게 즐거움을 주고 희망을 품게 하기 때문이다. 작가란 우리 영혼의 창조자다.

5 작가는 타협하지 않는다

소포클레스가 쓴 『안티고네』는 오이디푸스의 막내딸 이름을 딴 것이다. 신탁대로 자신의 아버지인 테베의 왕을 죽이고 어머니를 아내로 취한 그리스의 왕 오이디푸스가 괴로워하며 자신의 두 눈을 뽑아낸 뒤에, 테베를 떠나 떠돌아다닐 때부터 죽는 날까지 잠시도 그의 곁을 떠나지 않은 막내딸의 이야기이다.

안티고네의 두 오빠인 에테오클레스와 폴뤼네이케스는 아버지 오이디푸스가 죽은 후에 서로 1년씩 교대로 나라를 다스리기로 약속한다. 하지만 형인 에테오클레스가 기한을 넘기고도 동생에게 나라를 물려주지 않아 서로 전쟁을 하게 된다. 전장에서 두 오빠는 전사하고 에테오클레스에 이어 왕위를 물려받은 외삼촌 크레온은 에테오클레스의 장례식은 성대히 치르게 하고 폴뤼네이케스의 시체는 들판에 방치한 채 시체를 거두어 매장하는 자는 누구라도 사형에 처한다고 포고한다. 그 당시 시체를 들판에 그대로 둔다는 것은 최고의 형벌이었다.

오빠의 시체를 들판에 내버려둘 수 없었던 안티고네의 고집으로 비극은 다시 시작된다. 크레온 왕은 자신의 아들인 하이몬의 약혼녀이기도 하고 조카이기도 한 안티고네를 끝내 설득하지 못하고 그녀를 사형에 처한다. 이어 안티고네를 극도로 사랑했던 하이몬이 스스로 목숨을 끊고 곧이어 하이몬의 어머니인 에우리디케 또한 아들을 잃은 슬픔을 못 이기고 죽는 비극적인 이야기다.

테베의 왕 크레온은 왕의 명령을 거역한 안티고네를 살려두면 사회체제를 유지하기 위한 명분이 바로 서지 못할까 두려워했고, 혈육에 대한 숭고한 의무를 저버릴 수 없는 안티고네는 죽음을 무릅쓰고라도 작은 오빠의 시신을 거두어 장례를 치러야 했다. 크레온의 지엄한 권위는 사회의 안정과 유지라는 차원에서 버릴 수 없는 가치이며, 안티고네의 숭고한 행위는 인간의 존엄과 자유라는 것이 궁극적인 삶의 가치라는 데 중요성을 두고 있다.

『안티고네』는 사회질서를 명분으로 내세운 이성적이고 합법적인 크레온과 신의 뜻을 실천하는 안티고네의 대결 같지만, 크레온은 우리 현실 속의 정부 또는 권력을 상징한다. 막강한 조직력과 경제력을 갖추고 있어 상대하기 어렵다는 의미로 해석된다. 그렇다면 인간 중심적 세계관을 중시하는 크레온과 신 중심적 세계관을 대변하는 안티고네의 행동 중 어느 쪽이 더 옳을까. 누가 선이고 누가 악이 될까. 누군가 해답을 제시해 주길 원하지만 인문 고전에는 답이 없다. 단지 자신의 관점이나 가치관을 대입해 스스로 판단하게 만든다.

이처럼 권력과 인간의 가치는 작가들의 주된 작품 소재가 된다.

그러나 권력이 추구하는 목적과 작가가 추구하는 목적이 다르다. 권력이 기득권 유지와 사회 체제 유지를 우선으로 삼는 반면, 작가는 권력이 보지 못하거나 애써 외면하는 어둡고 소외된 장면에 더욱 빛을 밝게 비추고 조명한다. 누구에게는 보이기 싫어하는 부분이지만 누군가에게는 꼭 보여주고 싶은 교차점에 작가가 원하는 글감이 있고 생명력이 있다. 대상이 민중이라는 공통분모를 갖고 있지만 그들을 바라보는 시선은 전혀 다를 수밖에 없다. 권력이 지배적 입지를 다지려 할수록 작가는 그것의 문제점을 알리고 저항할 수 있는 힘을 제시한다. 그렇기 때문에 권력과의 불화는 어쩌면 작가의 숙명일지도 모르겠다.

쿠텐베르크의 인쇄술이 발달하기 전에는 소수의 권력자들이 민중을 억압하기는 무척이나 쉬웠다. 민중이 무지하다는 점을 이용해 종교의 최고 권위자들조차 그들을 우롱했다. 민중은 그들의 불합리에 저항할 능력이 없으니 맹목적으로 복종했다.

맹자는 백성들을 '우중(愚衆)의 무리'라고 말했다. 그들이 무엇이 옳은지 그른지 분간할 수 있는 지혜가 없음을 일컫는 말이다. 그 이유로 인간의 나약한 심성과 군중심리에 따라 이성보다는 감성에 영향을 받는다는 점을 꼽았다. 우리가 지연·학연·혈연 등에 연연해 투표를 하는 것도 그 중 하나이며, 시시각각 변하는 유행을 좇는 것도 그 일면의 현상이다. 권력자들은 이런 점을 잘 이용하는데 올바른 판단과 냉철한 이성을 방해하기 위해 사용하기도 한다. 그 대표적인 예가 민족주의를 이용하여 타인을 적대시하게 하고 권력의 내부문제를 민중으로 돌리려고 한다. 또한 국민의 시선이 정치와 자신들의 문제에 초점을 맞추지 못하도록 스포츠나 사행성 도박을 국가가 나서서 자행하기도 한다. 가난한 자의 주머니에서 뺏은 쌈짓돈을 소수의 당첨자에게 나눠주고 나머진 세금으로 가져가는 로또나 복권이 그러한 예들이다. 이처럼 권력자나 국가가 나서서 불법과 부정을 저지르는 데도 제대로 항의하고 막는 사람이 없다. 자신의 문제가 아니라고 외면하거나 타성이 몸에 배었기 때문이다. 이런 문제 상황을 민중이 깨우치도록 돕는 사람이 작가이고 책이어야 한다. 그래서 권력과의 불화는 작가의 숙명이 된다.

지금은 지구촌의 소식이 실시간으로 공유되는 시대이며 권력과 민중의 무게 중심도 비등해졌다. 민중의 지적수준이 높아졌을 뿐만 아니라 권력의 속성을 이미 간파하고 있다. 또한 작가들은 권력을 가진 자들이 숨기고 싶어 하는 부조리와 비리를 문학작품이나 전공서를 통해 직시하고 있다. 작가에게는 권력의 손이 닿지 않은 어두운 곳에 빛을 비추어 대중이 알게 하는 숙명이 있고 권력이 부패하여 썩지 않게 하는 소금의 역할도 해야 하는 숙명이 있다. 책을 읽는 것과 쓰는 것이 자아성찰과 각성의 연속이듯이 작가는 날마다 자신을 바로 세우고 약자에게 지극히 겸손하고 강자에게 비굴해지지 않는 당당함을 스스로 단련시켜야 할 것이다.

모든 사물에는 양면성이 있다. 앞이 있으면 뒤가 있고 장점이 있으면 단점이 있고 빛이 있으면 그림자가 있게 마련이다. 사회의 발전 또한 전진과 후퇴, 그리고 보완이라는 세 날개가 고루 작용해야 한

책은 망치다

다. 국가나 권력이란 발전을 위해서는 개인의 권리와 자유를 침해할 수밖에 없고 발전에는 또 다른 그림자가 생긴다. 작가와 권력의 충돌은 영원할 수밖에 없는 이유이기도 하다.

지금은 진보 정권하에 있어서 작가들은 물 만난 듯 맘껏 헤엄치고 즐길 수 있는 상황이다. 권력의 눈치를 볼 것 없이 마음 가는 대로 써도 자유가 보장되는 세상이다. 이 정권이 끝난다 해도 과거처럼 블랙리스트를 작성하여 서민들의 애환이 담긴 글을 쓴 작가의 입을 더 이상 닫히게 할 순 없다. 이제는 권력과 작가가 불화로 등을 지고 서는 일은 없어야 한다. 권력이 마음대로 금서나 불온 작가로 지정할 수 있는 시대도 지났고 작가의 진실이 담기지 않은 이야기는 태어나자마자 죽는 사생아가 될 수 있는 시대다. 작가와 권력의 불화가 숙명적이라 해도 서로 인정하고 자신의 역할을 충실히 할 때 세상은 좀 더 살만해질 것이다.

이 시대를 대변하는 작가의 전제 조건은 지적 호기심, 사물에 대한 관찰력 그리고 인간에 대한 이해와 사랑이다. 지적 호기심은 흥미와 열정을 일으켜 무언가를 쓰고자 하는 갈망으로 연결된다. 사물과 상황에 대한 자세한 관찰력과 끈기는 좋은 작품을 만들어내는 원천이며, 인간에 대한 폭넓은 이해와 사랑 없이는 명작을 쓸 수도 없다. 작가는 깨끗해 보이는 유리창에 큼직한 돋보기를 들이대며 얼룩과 먼지를 잡아내야 한다. 일상적이고 평범한 생활 속에서도 작가의 돋보기가 사회 곳곳의 불합리를 발견할 수 있도록 경계를 늦춰서는 안 된다.

　작가도 이 시대의 큰 권력 중 하나이다. 책을 읽는 것과 쓰는 것이 자아성찰과 각성의 연속이듯 날마다 자신을 바로 세우고 약자에게 지극히 겸손하고 강자에게 비굴해지지 않는 당당함을 스스로 단련해야 할 것이다.

6 영혼을
치유하는 사람

집이 한 채 있다. 그런데 사방이 어두워 집의 윤곽이 자세히 보이지 않는다. 집이 온전한지 알 수도 없다. 집 벽에 금이 갔는지, 수리가 가능한지 사람이 살고 있는 듯하지만 그의 정체도 분명하지 않다. 여러분은 갑갑하고 답답한 눈으로 그 집을 바라보고 있다.

이때 빛이 들어와 서서히 밝아진다. 집의 윤곽이 점차 선명해진다. 집은 어딘가 불완전하지만 멀쩡하게 버티고 서 있다. 금이 간 벽을 보고 정확히 어디를 수리해야 할지 알게 됐다. 빛이 없었으면 모르고 넘어갈 일, 알 수 없는 일들을 빛을 통해 보았다.

사람들은 자기 내면에 집을 한 채씩 갖고 있다. 그러나 그 집의 상태를 객관적으로 보지 못한다. 대부분 그렇다. 무엇을 어떻게 해야 자신이 바로 설 수 있는지, 성공할 수 있는지, 자신이 바라고 원하는 모습으로 살아갈 수 있는지 분명하게 알지 못한다. 이럴 때 빛이 필요하다. 자신을 객관적으로 진단하고 판단할 수 있게 비추고 바로 볼 수 있게 도와주는 게 빛의 역할이다. 그렇다면 빛은 무엇으로 해석되는가. 바로 책이다. 책을 읽는다는 것은 자기를 발견하는 과정이기 때문이다.

책을 통한 자기인식은 자기 안의 상태를 알아가는 것이다. 자아의 발견이며 성장이 이루어지는 과정이다. 금이 간 벽체는 수리가 필요하고 뒤틀린 나무를 자연적으로 이용해서 사용할 수 있도록 하는 것은 상처 난 자아를 위로해 주는 것이고 때로는 있는 그대로의 자신을 사랑하도록 하는 절차이기도 하다. 자기 안의 집은 끊임없이 손을 보고 원하는 모습으로 만들어가야 한다. 흙과 짚, 그리고 나무로 엮은 집이라 잠시라도 게을리하면 잡초가 무성하게 자란다. 잡초를 뽑고 지속적인 관리가 필요한 것처럼 영혼의 집인 자아를 소홀히 해서는 안 된다.

끊임없이 책을 읽고 성장해가는 것만이 답이다. 영혼을 이해하고 단련하기 위한 방법으로 명상이나 요가를 한다. 자아를 찾아가는 좋은 길이기는 하나 성장을 위한 것은 아니다. 성장과 더불어 삶의 본질을 깨우치고 흔들리지 않는 삶을 살기 위한 방법은 역시 책이 될 수밖에 없다. 책으로 지은 내면세계는 견고해서 흔들림이 없고 바람에도 무너지지 않는 자아로 거듭나게 도와준다.

그러나 아무리 튼튼한 자아를 가졌다 해도 우리의 영혼은 삶 속에서 매일 크고 작은 상처를 입는다. 우리의 몸과 영혼은 별개의 것이 아니다. 몸이 다치면 영혼이 상하고, 영혼이 상처받으면 육체는 시들시들 병들어 버린다. 육체의 병은 현대의 발전된 기술로 대부분 치료할 수 있다. 몸에 난 상처와 달리 영혼의 치유는 자신의 영혼에 자유를 주는 과정이다. 영혼의 자유는 우리의 영혼을 옭아매고 있는 과거의 상처, 현실의 굴레와 미래의 두려움에서 자유로워져야 한다는 것을 의미한다. 자신의 정체성을 찾고 자아를 강화시키며, 삶의 본질과 목적을 이해하고 흔들리지 않는 삶을 살아갈 때 오는 자유다.

하지만 내부의 병인 영혼의 상처는 외과적인 치료가 불가능할 뿐만 아니라 누가 대신 치료해 주기도 어렵다. 오직 내부의 건강한 자아로부터 나온 약만이 치유할 수 있다. 가끔 공연이나 예술 작품을 접하면 마음이 평화로워지는 것을 느끼는 것은 그 작품이 인간의 본질을 잘 표현했기 때문이다. 물론 영혼을 치유하기 위한 과정은 예나 지금이나 계속 진행되고 있다. 먼 과거에는 민간 신앙의 지도자인 주술사가 대신하였고 현대에는 수많은 종교의 성직자들이 신도들의 상처받은 영혼을 치유하고 있다. 하지만 여기저기서도 확실한 믿음은 다가오지 않는다. 방법이 틀렸기 때문 아닐까.

이 모든 조건들로부터 자유를 얻을 수 있는 방법은 책밖에 없다. 작가는 영혼 치유의 마법사다. 사람들이 흔히 생각하는 것처럼 심리치료를 말하는 것이 아니다. 일반적인 심리치료가 현실의 고통, 상처받은 마음에 관해 관심을 갖지만, 영혼 치유는 자아 찾기와 삶의 본질을 찾기 위한 과정으로부터 시작된다. 과거에 자신이 받은 깊은 상처를 발견하고, 현재의 자신을 있는 그대로 사랑하고 위로하며, 삶의 목적 내지 자신의 궁극적 목표를 바로 보고 앞으로 달려갈 수 있도록 만든다. 즉 영혼 치유에는 우리의 과거와 현재, 미래가 함께 치유되며 성장하는 과정이다.

고대 이집트의 강력한 왕 람세스 2세는 수도 테베에 도서관을 건립하고 '영혼을 치유하는 곳'이라고 불렀다. 진실로 책이 주는 가치는 영혼의 안식에 있다. 작가의 영혼이 자유로운 것같이 독자의 영혼도 얼마든지 자유로울 수 있다. 영혼 치유의 마법사는 작가이지만 책을 읽으며 스스로 자신의 영혼을 치유하는 마법은 여러분에게도 일어날 수 있다. 또한 작가만큼의 책을 읽고 위대한 영혼을 가질 수 있다.

책을 통한 영혼의 치유라는 말이 심금을 울리듯 간절함의 표현이기도 하고 한편으론 언어의 유희처럼 느껴지기도 한다. 아니 작가가 무슨 의사라도 된단 말인가. 기껏해야 돌팔이 의사 행세나 하려나 보다 하고 생각할지도 모른다. 작가는 책을 쓰기 전에 이미 수만 권의 책을 통해 과거와 현재, 미래를 들여다보고 있는 사람이다. 또한 해당 분야의 책을 쓰기 위해 수백 권의 책을 참고로 지혜를 모으고 한 권 한 권 영혼의 책으로부터 기를 받고, 깊은 사색과 명상으로 숙고의 시간을 갖는다. 그 과정 속에서 세상의 이치와 인간의 본질을 깨닫고 장인이 한 땀 한 땀 꿰매 명품가방을 완성하듯 작가는 한 글자씩 적어나가며 자신이 가진 모든 것을 쏟는다. 그래서 책이란 마음이나 정신보다는 영혼이란 말과 더 가까워 보인다. '마음의 책', '마음의 작가'란 말이 구어체로나 느낌상으로나 어딘지 모르게 어색하다. '영혼의 책'과 '영혼의 작가'란 말이 좀 더 의미 있고 멋져 보인다.

그렇다. 책은 작가의 영혼이 담기지 않으면 쓸 수 없을 뿐만 아니라 책으로 만들어진다 하더라도 세월을 이겨내는 고전이 될 수 없다. 책의 가치는 논리성과 관찰력에 있는 것이 아니라 작가의 영혼의 가치에 따라 달라지는 것이다. 그래서 자신이 좋아하는 작가의 책을 산다는 것은 그의 영혼을 사는 것이며 작가의 전집을 산다는 것은 그의 영혼을 독점하고 싶은 의지의 또 다른 표현이다.

영혼이 치유되면 삶이 달라 보인다. 세상이 변화하진 않았지만 세상을 바라보는 시각이 달라지기 때문에 우리의 눈엔 신세계가 펼쳐지는 것이다. 과거의 상처, 현재의 자아, 미래의 꿈을 치유하고 위로하고 기대하게 만드는 것이 진정한 영혼의 치유이다. 이것은 작가만이 줄 수 있는 마법이다.

모든 지배계급을 공산주의 혁명 앞에 떨게 하라.

프롤레타리아가 잃을 것은 쇠사슬밖에 없으며 얻을 것은 온 세상

이다. 만국의 노동자여, 단결하라!

칼 마르크스『공산당 선언』중 일부분이다. 칼 마르크스는 자신
이 소망했던 공산주의가 아닌 자본주의의 본영인 영국에서 대부분
의 세월을 보냈다. 그는 당시 세상의 모든 지식을 담고 있다는 대영
박물관 도서관에 30여 년을 거의 거르지 않고 매일 다녔고 하루 종
일 독서하고 연구하며 평생 동안 책을 쓰며 살았다. 그의 대표적인
저서인『자본론』은 민주주의와 자본주의 사회에 대한 냉철한 비판
을 한 것으로 사회주의와 공산주의 체제에서는 바이블로 평가되는
책이다. 비록 그가 이상적으로 추구했던 사회주의는 모두 실패했지
만 세상은 그를 위대한 사회 개혁가로 인정한다. 민주주의나 자본주
의에 바로 서지 못하고 패배한 것은 그의 사상이나 시스템에 문제가

있었던 것이 아니라 체제를 관리하는 지도자의 잘못된 운영의 결과라는 것을 우리가 알기 때문이다.

칼 마르크스의 대표적인 저서 『자본론』은 총4권으로 제1권만 자신의 손으로 간행했고 제2권, 제3권은 죽마고우인 F.엥겔스에 의해 유고가 정리되었다. 제4권은 K.J. 카우츠키가 편집하였다. 이처럼 방대한 양의 『자본론』을 쓰기 위해서 마르크스는 대영박물관 도서관의 문턱이 닳도록 다녔을 것이다. 수천 권이 아니라 수만 권의 책을 읽었을 것이고 그에 비례해 수만 명의 경험과 지혜를 빌려 위대한 대작을 만들어냈다. '문사철600'이라 하여 문학·역사·철학 서적 600권을 읽으면 세상의 이치를 깨닫는다고 말하는 것과 비교하면 그의 노력과 집념은 위대하다고밖에 말할 수 없다.

칼 마르크스와 엥겔스의 단편집이라고 말할 수 있는 『공산당 선언』은 세계를 광풍 속으로 몰아넣었다. 지구 반대편에 위치한 곳에서 하는 나비의 날갯짓이 태풍이 되어 남한과 북한을 자본주의와 공산주의로 분열시켜 놓고도 모자라 동족상잔의 전쟁으로 수백 만 명의 목숨을 앗아갔다. 『공산당 선언』의 본질이 무엇이기에 이토록 세상을 공포의 도가니로 몰아넣었을까 고민하지 않을 수 없다. 여기에서 더 이상 깊이 있는 내용은 뒤로 하고 칼 마르크스가 어떻게 세상의 모순을 정확히 보고 공감하는 글을 쓸 수 있었는지 생각해 보자. 마르크스가 위대한 독서가였기 때문이다. 위대한 독서가는 자신을 변화시키고 세상을 바꾸는 능력을 겸비하게 된다. 무엇을 말하든 어떻게 행동하든 세상의 본질을 정확히 꿰뚫어 볼 수 있는 통찰력을 가지고 그것을 대중들에게 선보인다.

*모든 해답은 책 속에 있다. 책은 인생의 나침반이다. 책은 희망이
며 자유다. 책은 혁명이다.*

이런 말들은 책을 잘 이해시키는 말들이다. 그저 선망으로 바라
보는 책이 아니라 자기 관점을 수정하고 나아갈 수 있는 원동력을
주는 책의 이점을 부각시킨 문장들이다. 책을 읽을 때 어떻게 읽어야
할지, 강조하는 부분이 무엇인지, 핵심을 찾아내는 능력이 필요하다.
자신이 원하는 대로 자신을 이끌어갈 묘수가 책 속에 들어있기 때문
이다. 한 권의 책값은 얼마 되지 않지만 내용의 가치는 값으로 매길
수 없을 만큼 귀한 것임을 알고 있다.

여기에 위대한 독서가가 있다. 후기 인상주의 화가 빈센트 반 고
흐, 그는 목사의 아들로 태어나 독서를 중시하는 가풍에서 스스로 책
벌레가 되어 온갖 분야의 책을 읽으면서 자랐다. 배고프고 힘든 예술
가의 길로 들어서려는 그를 반대하는 아버지와의 관계에서부터 그
의 삶은 고난의 연속이었다. 가장 든든한 후원자이자 동생인 테오와
주고받은 수많은 편지는 그의 책 사랑이 얼마나 큰지를 보여준다.
주 작품인 '해바라기', '아를르의 침실' 등은 세계 최고가로 경매
되는 작품들이다. 작품에 값을 매기는 기준은 무엇일까? 아마추어
작가도 대작을 똑같이 따라 그릴 수 있는 역량을 가지고 있다. 전문

가도 구별이 어려울 정도의 정교함도 가능하다. 우리는 대중매체를 통해 작품의 진위여부를 가리는 상황을 볼 때가 있다. 그림의 값을 매기는 척도가 있겠지만 최고의 가치는 작가의 영혼에 있다고 조심스럽게 생각해 본다. 『해바라기』를 산다는 것은 고흐를 사는 것이고, 고흐를 산다는 것은 그의 위대한 영혼에 값을 지불하는 것이다. 영혼에는 그의 삶과 고뇌, 추구하는 가치가 고스란히 들어 있다. 위대한 예술가에게는 평범함을 뛰어넘는 창조가 있고, 분명한 철학이 작품 안에 녹아들어 있다.

'모나리자'와 '최후의 만찬'을 그린 레오나르도 다 빈치, '아비뇽의 아가씨들'과 '게르니카'를 그린 20세기 입체파의 거장인 파블로 피카소가 그런 예술가들이다. 작품에는 그들만의 삶의 철학이 담겨 있다. 예술을 하는 사람이 갖추어야 할 최고의 미덕 중 하나는 자기만의 인문학적 가치관을 지녀야 한다는 것이다. 빈센트 반 고흐가 라파르트에게 보낸 편지를 보면 그가 작품을 만드는 기준이 무엇인지 명확하게 보여준다.

문학에 대한 어떤 감흥도 없이 어떻게 인물화가가 될 수 있는지 이해할 수가 없다네. 어떤 화가들의 화실에는 현대 문학 작품들이 전혀 없더군.

미술작품이라고 해서 단순히 표면만을 그대로 구현하는 것이 아닌 인간을 이해하고 그 속에 담긴 얼까지 그림에 담아야 함을 의미한다. 그림을 그린 다음 표정을 넣는 작업이 아니라 표정을 표현하기 위해 얼굴을 그려야 함을 말하는 것이라 생각된다.

작가는 새로운 것을 창조해내는 사람을 일컫는다. 책을 쓰는 사람만이 아닌 예술 분야에서 통용되는 말이기도 하다. 주제의식을 갖고 세상을 현미경으로 볼 수 있는 관찰 능력이나, 풍부한 어휘력으로 아름다운 문장을 만들 수 있는 능력 이전에 기존에 없었던 생각과 사상, 그리고 사물을 창조하는 사람이 작가다. 책을 쓰기 위해서 작가는 낯선 곳으로 여행을 떠나거나 필요한 경험을 하기 위해서 직접 체험하기도 한다. 하지만 여행과 직접 경험은 값비싼 대가를 치러야 하기 때문에 쉽게 시도할 수 없다. 책은 이와 같이 시공간을 초월한 간접 체험을 주기에 작가에겐 보물 창고나 다름없다. 한 권의 책이 위대한 영혼들의 삶의 체험으로 가득한 곳임을 생각하면 도서관이나 서점은 보물섬이다.

작가들은 보석과 쓸모없는 광석을 판별할 수 있는 혜안을 가지고 있다. 수많은 책이 차곡차곡 쌓여 그들의 삶의 양식이 되어준다. 위대한 독서가인 작가의 지식과 지혜를 우리 것으로 만드는 유일한 방법은 책을 읽는 것이다. 책은 작가의 영혼의 바닥까지 보여주는 거울이다. 또한 그 거울은 독자의 영혼을 비추는 거울이 된다.

8 최고의 멘토가 있는 곳으로

'멘토'란 단어의 어원은 그리스신화이다. 오디세우스의 친구인 멘토의 이름에서 유래되었다. 트로이 전쟁으로 이타카의 왕인 오디세우스가 오랫동안 집을 비우게 되자 그는 자신의 친구 '멘토'에게 어린 아들, 텔레마커스의 교육을 맡겼다. 10년 후 트로이 전쟁이 끝나고 돌아와 보니 아들이 훌륭하게 성장한 것을 본 후 고마움을 표하면서 역시 '멘토다워'라고 크게 칭찬해 주었다. 멘토는 친구가 없는 동안 어린 왕자에게 스승이 되어 주고, 때론 친구로서, 아버지로서의 역할을 충실히 행하였다. 이후 경험 없는 사람에게 지식과 경험을 제공하여 인생의 길잡이가 되어 주고, 그의 잠재력 개발을 위해 자신의 능력과 노하우를 아낌없이 주는 사람을 멘토라고 부르게 되었다.

진정한 스승이 없다고 말하는 시대에 멘토라는 단어가 광범위하게 사용되고 있으며 때로는 남용되고 있음을 볼 수 있다. 학교나 직장, 모임에서 멘토를 지정하여 어린 학생 또는 신입 직원이나 회원을 상대로 하여 경험을 전수해 주고 잠재능력 개발을 적극적으로 도와주는 모습을 본다. 진실로 시대의 어른을 만나기 어렵고 참다운 스승을 찾기 어려운 시대에 좋은 제도임에 틀림없다. 물론 범위를 좁혀 초등학생을 가르치고 이끌어줄 만한 중학생 멘토, 사회 초년생을 위한 직장인 선배 멘토 등 공부나 직업적인 기술과 회사 적응을 위한 협의의 멘토라면 가능할 수도 있다. 하지만 오랜 시간 동안 함께 해 주면서 가르치고 잠재력을 키워 미래까지 준비할 수 있도록 도와주는 진정한 멘토가 될 수 있는지는 의문스럽다.

훌륭한 멘토로 인해 인생이 바뀐 사람이 있다. 그녀는 태어난 지 20개월도 채 안 되어 병으로 시각과 청각을 잃었지만 87세로 생을 마감할 때까지 장애인의 인권, 여성참정권, 노동운동 등 수없이 많은 분야에서 사회개혁가로 영향력을 행사했다. 그리고 영혼이 담긴 아름다운 책을 쓴 작가이기도 하다. 지금도 미국뿐만 아니라 전 세계인에게 가장 존경받는 사람, 바로 헬렌 켈러다.

시각과 청각을 잃고 히스테리적 반항심을 가진 그녀에게 위대한 멘토와의 만남이 있었다. 멘토 자신도 시각이 불편한 장애우면서도 학교를 수석으로 졸업한 수재, 그녀는 앤 설리번이다. 헬렌이 7세 때부터 46년간 동고동락하며 말괄량이에 성격까지 비틀어진 헬렌을 지극히 아름다운 영혼을 가진 작가로 만들고 불굴의 의지를 가진 사회개혁가로 만든 사람이다. 그리스신화에 나오는 멘토의 역할처럼 오랜 기간 함께하며 스승으로서 가르침과 인생의 방향을 알려주고, 때로는 부모처럼, 친구처럼, 연인처럼 상대의 이야기를 들어주고 공감하고 사랑해 주었다. 헬렌 켈러의 자서전인 『사흘만 볼 수 있다면』에는 세상을 먼저 떠난 설리번을 그리워하는 절절한 독백이 나온다.

> 어떤 기적이 일어나 내가 사흘 동안 볼 수 있게 된다면… 먼저, 어린 시절 내게 다가와 바깥세상을 활짝 열어 보여주신 사랑하는 앤 설리번 선생님의 얼굴을 오랫동안 바라보고 싶습니다. 선생님의 얼굴 윤곽만 보고 기억하는 데 그치지 않고 그것을 꼼꼼히 연구해서, 나 같은 사람을 가르치는 참으로 어려운 일을 부드러운 동정심과 인내심으로 극복해 낸 생생한 증거를 찾아낼 겁니다.

헬렌 켈러가 자신의 멘토이자 삶의 동반자였던 앤 설리번을 얼마나 존경하고 진심으로 사랑했는지를 보여주는 글이다. 미래까지 이끌어주는 능력을 가진 멘토를 만난다는 것은 쉽지 않다. 하지만 다행스럽게도, 우리에게는 자신에게 맞는 능력과 인내력을 가진 멘토를 만날 수 있는 곳이 있다. 지금도 우리를 기다리며 도움의 손길을 내밀고 있는, 자신의 분야에서 전문가임을 이미 인정받고 지속적으로 함께하며 자신의 꿈까지도 실현 가능하도록 도와주는 멘토, 바로 책이다. 책은 자아를 발견하고 성장하도록 도와주는 최고이자 유일한 수단이다. 또한 책 뒤에는 지혜와 통찰력을 가진 작가가 버티고 서 있다.

작가는 이 시대 최고의 멘토이다. 작가는 앤 설리번처럼 멘티의 어려움과 처지를 헤아릴 수 있는 능력을 갖고 있다. 또한 멘티의 마음을 치유할 수 있는 능력도 가지고 있을 뿐만 아니라 희망적인 삶을 위해 미래를 준비할 수 있도록 도와주는 능력도 갖고 있다. 마지막으로, 가장 중요한 멘토의 자질은 멘티에 대한 애정과 열정이다. 자신을 불태워서라도 남을 이롭게 하는 촛불 같은 사람이 되어야 한다. 작가는 자신의 영혼인 책을 통해 이 모든 것을 충족시킬 수 있는 멘토다.

이토록 책이 지닌 가치는 값을 매길 수 없을 만큼 어마어마하다. 책값이 저렴한 것처럼 우리의 위대한 멘토인 작가 역시 많은 비용 없이 우리가 도움을 요청할 수 있어 유익하다. 게다가 시간과 공간에 얽매이지 않고 언제든 필요로 하는 곳에 달려가는 존재다. 좋은 책은 이미 수많은 독자에게 검증을 받은 것과 마찬가지로, 작가는 책을 통해 이미 인정받은 전문가인 것이다.

멘티 스스로도 준비해야 할 것이 있다. 멘토에게 적극적으로 다가가고 끊임없이 대화해야 한다. 묻고 답하는 과정이 계속되어야 한다. 어려운 상황을 극복하고 자아실현과 성장을 위해 스스로도 부단히 노력해야 한다. 서로 역할을 정확하게 분담해야 원하는 결과를 얻을 수 있다. 낙타를 물가로 데려갈 수는 있어도 물을 먹일 수는 없는 것과 같은 이치다.

책은 위대한 멘토인 작가의 분신이다. 모양만 다를 뿐 동일한 정신을 가지고 있다는 말이다. 미국 의회도서관에 수천만 권의 책이 소장되어 있듯 수천만 명의 멘토가 우리를 기다리고 있다. 아니, 그들의 분신이 다양한 언어로 세계 전역에 있으니 우리에게는 수억 명이 넘는 멘토가 있다고 해도 과언이 아니다. 이 시대 최고의 멘토들이 기다리고 있는 서점이나 도서관으로 발걸음을 옮겨보는 것은 어떨까.

9 비로소 책이 내게로 오다

책은 하나의 작은 세상이다. 주인공과 조연, 엑스트라가 자신이 맡은 역할에 따라 움직이는 특별한 세상이다. 하나님이 흙으로 사람을 창조하고 온기를 불어넣어 온전한 세상을 만든 것 같이 작가는 자신이 만들어놓은 책 속 세상에 생명의 온기를 불어넣는 존재다. 그의 생각과 미세한 움직임 하나하나에 세상은 절대적인 구속을 받는다. 소설에서 전지적 작가 시점이라는 말이 있다. 이것은 전지전능한 하나님을 대신하여 작가가 나, 너, 우리 구분 없이 개입하고 조정하는 역할을 하는 것이다. 창조주가 자신이 원하는 모습대로 세상을 만들어가듯 작가도 자신만의 세계를 만들어간다. 자신의 영향력 아래 있는 것은 그 무엇이든 자가의 신판을 따르게 된다.

장르에 관계없이 작가는 자신의 세계에서 최고의 심판관이다. 소설뿐만 아니라 사회과학에서도 작가는 최고의 심판관으로서 그 역할을 수행한다. 열 길 물속은 알아도 한 길 사람 속은 알 수 없다는 말이 있듯이 인간을 둘러싼 학문에는 정답이 없다. 현대의 과학이 인간의 작동 구조를 이해하기에는 턱없이 부족하다. 깊은 연못에 돌을 던져 소리만으로 깊이를 재는 수준밖에 모르는 게 현실이다. 글을 쓰고 있는 나 자신도 정확한 자아가 무엇인지 모르는데 어떻게 수많은 관계 속에 얽히고설킨 사회를 정확하게 판별할 수 있겠는가. 그래도 작가는 그 현상이 어떻게 이루어지는지 세심하게 관찰하고 온갖 지혜를 모아 심판을 내린다. "인간은 사회적 동물이다"라는 말은 집단과 관계를 떠나서는 인간은 결코 살 수 없음에 관한 심판이다. 그리고 아리스토텔레스의 "인간은 이성적 동물이다"라는 말은 동물적 욕망이 인간의 본질이지만, 이성을 갖추어야만 인간이 될 수 있다는 심판이다.

작가가 정의하는 모든 것은 심판을 의미한다. 그것도 번복할 수 없는 최고의 심판이다. 하지만 최고의 심판이라고 모든 것이 절대 옳은 것은 아니다. 정확한 계산과 과학에 근거한 것이 아니라 상상력과 이성의 힘에 절대적으로 의존한 심판이기 때문이다.

맹자와 순자를 살펴보면 이 말을 이해할 수 있다. 맹자는 하늘이 사람에게 부여한 것은 선이라고 말하며 우리는 이것을 '성선설'이라고 부른다. 인간은 착하고 선하게 태어났지만 사람의 손을 거치면서 악하게 된다는 것이다. 반대로 순자는 '성악설'을 주장하여 "인간의 성품은 악하다. 선한 것은 인위적인 것이다"라고 했다. 선천적으로 악하게 태어났으나 인간이 배우고 노력하면 변할 수 있다는 말이다. 이처럼 두 성인은 각자의 생각에 기초하여 사람의 마음에 대해 각자 나름대로 심판한다. 이 말도 옳게 들리고 저 말도 틀리지 않아 보인다. 이것이 작가들이 추구하는 진실인지도 모른다. 최소한 어리석거나 틀린 말은 해서는 안 되지만 자신이 갖고 있는 삶의 진리를 풀어나가는 진실 말이다.

나는 책을 읽으면서 의식을 놓는 경우가 허다하다. 남들은 생산적 독서를 위하여 정신 바짝 차리며 읽으라고 하는데 일부 분야의 책들을 제외하곤 그렇게 할 수가 없다. 온전하게 몸과 마음을 주지 않고는 작가와 내용을 이해할 수 없기 때문이다. 책을 잘 읽는 방법은 따로 없다. 먼저 책과 하나가 되어 끝까지 읽어야 한다. 조금 이해가 덜 되고 비논리적이라도 작가가 하고자 하는 말에 귀 기울이며 애정을 갖고 읽어야 한다. 그때 비로소 책은 자신의 마음속 깊이 들어올 수 있다. 비판하고 따지기 이전에 작가에 대한 애정과 글에 대한 관심이 먼저이다. 그러면 책은 우리에게 훨씬 많은 지식과 지혜를 준다는 것을 경험할 수 있을 것이다.

독자도 온전히 자신이 책에 녹아들어 독서를 했다면 책을 덮은 후, 책과 작가를 향해 심판하는 시간을 가져야 한다. 열심히 키워 수확한 벼도 껍질을 벗기고 쭉정이를 버리는 일련의 도정작업을 거쳐야만 먹을 수 있듯이 책도 읽고 느낌만으로 끝낸다면 빈쪽의 책 읽기가 될 것이다. 곡식을 바로 먹을 수 있도록 정제작업을 하듯 자신의 삶에 적용할 수 있도록 손질하는 것이 필요하다. 이것은 독자의 깊은 사색을 필요로 한다.

책의 전체 내용을 파악하고 핵심적인 단어가 무엇인지 작가가

책은 망치다

말하려는 것이 무엇인지를 이해하는 도정작업을 거쳐야 한다. 웬만큼 생각이 정리되었다면 책과 작가에 대한 자신만의 정의를 내려야 한다. 어떤 정의를 내리든지 그것은 독자의 자유이다. 책과 작가에 대해 심판하는 행위는 꼭 필요하다. 자아를 발견하고 성장하는 과정에 영양분을 공급하는 일이기 때문이다. 처음엔 서툴고 조잡스러운 생각이 위대한 작가를 폄하하는 것처럼 생각될 수도 있다. 그래도 멈춰서는 안 된다. 작가는 독자의 주인이 아니기 때문이다. 작가에 대한 존경과 맹목적인 믿음을 주장하는 사람도 있다. 존경은 자신이 추구해야 할 가치이지만 맹목적인 신뢰나 추종은 남의 노예로 살아가는 것이다.

사물의 본질이 아닌 현상을 보면 상황이 바뀔 때마다 판단이 바뀌기에 작가에게는 통찰력이 필요하다. 우리가 책을 통해서 권선징악을 배우고 통쾌함을 느낄 수 있는 이유는 작가의 단순 명료함 때문이다. 단순 명료함은 사물의 본질을 꿰뚫는 통찰력에서 나온다. 작가가 세상의 악과 불의에 시원하게 철퇴를 내릴 수 있는 최고의 심판관이 되기 위해서는 누구도 어쩌지 못하는 혼란스러운 선과 악의 공존에 대해 깊이 있는 통찰력을 발휘하고 심판을 내릴 수 있는 능력을 갖춰야 한다. 그러기 위해 끊임없는 성찰과 공부가 필요하다. 자신의 부족함을 알고 겸손한 마음으로 다른 작가의 책에서도 배워야 한다. 겸손은 부족함을 아는 것이자 배움을 갈망하게 하는 동기이다.

10 통찰력은
지혜에서 나온다

　"심는 대로 거둔다.", "세상에 공짜는 없다." 이 격언에 동의하는 사람이 많다. 또한 이 말을 진리로 받아들인다. 진리란 참된 이치를 말한다. 그 속성은 절대적이고 보편적이며 불변하는 진실을 의미한다. 그러므로 격언은 오랜 경험을 통해 나온 말이기에 사회통념상 진리이다. '웃으면 복이 와요.', '착하게 살면 복 받는다.' 등도 같은 맥락에서 받아들이고 의문을 제기하지 않는다. 그렇다면 철학의 본 고장에서 당대 최고의 철학자가 말한 진리의 말을 살펴보자.

　"가장 적은 것으로도 만족하는 사람이 가장 부유한 사람이다." 고대 그리스의 철학자인 소크라테스가 돈에 대해 한 말이다. 많이 가질수록 걱정, 근심이 따라서 증가하니 자족하는 삶을 살아야 하며, 그래야 비로소 마음은 부유해지고 행복해짐을 뜻한다. 세상 사람들이 진리의 말씀이라고 여기는 것이다. 맞는 말인가. 그것들은 모두 진리인가. 진리가 참된 이치이며 영원불변한 절대성을 가진 것인데 가능할까. 여러분은 고개를 끄덕이겠지만 많은 철학자가 인정하는 불변의 진리가 있다.

이 세상에 변하지 않는 것은 모든 것이 변한다는 사실뿐이다.

우리가 알고 있는 모든 진리도 변한다는 것이다. 즉 진리가, 진리가 아님을 역설한 표현이다. 그렇다. 세상은 동전의 양면과 같다. 진리라고 말하는 어떤 진리도 진리가 아닐 수 있다. 또한 반대로 진리의 반대가 진리가 될 수도 있다. 절대 진리는 절대로 존재하지 않는다. 이것을 이해하는 것이 책을 쓸 수 있는 힘이고, 세상을 꿰뚫어보는 통찰력으로 시대의 등불이 되는 작가가 존경받는 이유이다.

작가는 우리가 아는 통념의 진리에 의문을 제시하며 진정한 진리를 찾아가는 사람이다. 호기심을 가지고 진리에 현미경으로 들여다 대는 사람이다. 정말 웃으면 복이 올까, 혹시 복이 많아서 웃는 것은 아닐까. 착하게 살면 정말 복 받을까, 내 옆의 김씨는 언제나 남에게 베풀고 봉사하는데 왜 저리도 궁상맞게 사는 것일까. 소크라테스여! 가난하게 사는 것이 어떤 심정인지 아시고 하는 말씀인가.

작가의 통찰력은 진리를 아는 지혜로부터 나온다. "진리가 너희를 자유케 하리라"는 말처럼 작가의 시각은 어느 한 곳에 매이는 것이 아니라 다양한 각도에서 볼 수 있고 단단한 벽으로 막힌 곳이라도 꿰뚫어 볼 수 있는 혜안을 가지고 있다. 한 마디로 진리를 깨닫고 영과 육의 자유를 얻은 사람이 작가이다. 그렇다고 모든 작가가 '진리의 반대도 진리이다'를 깨우쳐야 책을 쓸 수 있는 세상은 아니다.

고전의 중요성이 여기에 있다. 고전은 이 진리를 완벽히 이해하고 쓴 명작이다. 인간을 이해하고 세상의 이치를 알고, 어찌할 수 없는 인간의 애환과 운명을 글로 풀어냈기 때문에 시간의 공격을 이겨내고 살아남은 것이다. 고전에선 책과 작가, 그리고 독자는 함께 울고 웃고 머리를 끄덕이는 공감대를 형성하지 않을 수 없다. 거기에 삶의 본질이 있고 인간의 아픔이 있기 때문이다.

작가에게 깨달음을 얻는 과정은 수많은 실패의 연속과 고통에서 얻은 경험이 근원이다. 하루에도 몇 번씩 위대한 발자취를 남긴 위인들의 삶에 동행하며 간접체험을 한다. 보통 사람들이 전 인생을 통해 배운 지혜를 압축 체험할 뿐만 아니라 수천 명 아니 수만 명의 인생 체험을 하기도 한다. 이런 체험과 더불어 작가의 가장 큰 무기인 사색을 통해 깨달음을 얻는 사람이 작가이다.

책이 좋다는 것은 작가의 영혼을 사랑한다는 의미와 동일하다. 작가는 마르지 않는 샘처럼 독자에게 생명의 물을 끊임없이 준다. 진리를 깨우친 사람이기에 정확한 처방을 내릴 수 있다. 살아간다는 것은 도쿠가와 이에야스의 "인생은 무거운 짐을 지고 길을 가는 나그네와 같다"라는 말처럼 고난과 역경의 연속이다. 외롭고 지친 영혼에 한 줄기 빛이 되어 줄 책이 필요하다. 한 잔 술로 날려버리기엔 삶의 무게가 너무도 무겁다. 일시적인 즐거움이 아닌 영혼의 즐거움에 목이 마르다. 책에서 진리를 구하자.

11 작가의
뇌를 복제하라

영원히 사는 것은 인류가 추구하는 목표이다. 세상의 모든 것을 손아귀에 쥐고 있었던 진시황제의 마지막 소망이기도 했다. 생사고락을 넘어 인간적인 성취를 이룩한 그의 염원은 죽지 않고 영원히 살 수 있는 불로초를 구하는 일이었다. 유한한 인간의 삶은 무한하고 광대한 우주의 시간과 크기 앞에선 미약한 존재임을 새삼 깨닫게 해준다. 그의 무덤에는 생전의 모습과 흡사한 생활양식을 보여주는 도용들로 가득한데, 죽어서도 권력을 잡고 싶은 인간의 욕망을 보는 듯하다. 진시황제가 그토록 열망하던 영원이라는 말은 위대함이라고 바꿔 말할 수 있다. 존재의 시간이 길면 길수록 영원에 가깝고 위대함은 커진다.

책 또한 오랫동안 세월의 풍파를 이겨낸 책이 좋은 책이다. 한 사람이 아닌 수많은 독자들에게 검증되고 삶이 다른 환경 속에서, 시대를 넘나들어 살아남았기에 더욱 가치가 있다.

책이 이처럼 오랫동안 전해내려 오는 데는 그 이유가 있다. 시대와 환경이 변화더라도 변화지 않는 삶의 본질, 세상의 존재 이유가 담겨 있기 때문이다. 인간이 행복해지기 위해 반드시 알아야 하는 가치들을 말해 주기 때문에 동서고금을 막론하고 책의 위대함을 인정한다.

작가는 시대의 정신이자 스승이란 말처럼 위대한 영혼을 가지고 있는 사람이다. 그들의 뇌는 신선한 생각과 세상을 꿰뚫는 혜안으로 가득 차 있다. 그러니 작가 뇌의 복제는 독자인 자신도 위대함으로 가는 최고의 방법이다. 만약 한 사람의 뇌를 복제할 수 있다면 여러분은 누구의 뇌를 복제하겠는가. 그 사람은 여러분이 추구하는 이상적인 인간이고 닮고 싶은 사람일 것이다. 복제도 잘 해야 한다. 나폴레옹의 독서에 대한 열정과 영웅주의가 잘못 복제되면 히틀러나 스탈린 같은 악마가 나올 수도 있기 때문이다. 위대한 책을 쓴 영혼의 뇌라면 그대로 복제해 따라하고 싶은 욕망이 솟을 것이다. 하찮은 정보나 상품도 복제하면 힘이 되고 돈이 되는 데, 위대한 작가의 뇌를 복제하지 않는다는 것은 어리석은 일이다. 작가의 뇌를 복제하는 것, 그 자체로 훌륭하고 자신이 위대함으로 가는 최고의 방법이다. 작가의 뇌를 복제한다는 것은 그의 상상력, 창의력과 세상을 꿰뚫어볼 수 있는 통찰력을 물려받을 수 있음을 의미한다. 이 단어들 속에는 이미 수많은 경험과 지식, 지혜를 내포하고 있다.

인간의 삶과 환경이 다르기 때문에 완벽한 복제는 불가능하더라도 우리의 삶이 완전히 변화될 수 있는 방법의 하나로 작가의 뇌를 복제하는 것이 좋다. 위대한 작가의 뇌가 아니더라도 자신이 좋아하는 작가의 뇌라면 자신의 삶을 행복하게 만들어줄 수 있다. 방법은 오직 책을 읽고 또 읽은 다음 깊은 사색의 시간을 갖는 것이다. 작가의 뇌를 복제하는 것은 그의 삶을 복제하는 것이며 행복을 복제하는 즐거운 일이다. 좋은 책을 읽는다는 것은 그 책의 작가처럼 생각하는데 있다. 단순한 제품의 카피나 대중매체의 카피는 노예적인 삶으로 가는 지름길이다. 그러니 인터넷의 바다가 아닌 책의 바다에서 위대한 영혼을 만나고 작가의 뇌를 복제해야 한다. 작가의 뇌를 복제하는 것은 위대한 일이다.

작가의 뇌를 독자가 복제하는 것은 진정으로 작가들이 소망하는 일이다. 그러기에 좋은 책으로 거듭나 오늘도 이곳저곳에서 자신의 책을 자가 복제하고 누군가의 뇌에 복제되길 기다린다. 복제의 방법은 현상만 복사하는 카피가 되어서는 안 된다. 그들의 뇌 속에 있는 DNA를 복제해야 오롯이 그들의 능력을 전달받을 수 있다.

먼저 그들의 상상력·창의력·통찰력을 복제해야 하는데 방법은 그들의 방식대로 생각하고 느끼고 보는 관점을 익히는 것이다. 복제하고 싶은 작가의 전집을 여러 번 읽고 또 읽어야 한다. "모방 속에 창조가 있다"라는 말처럼 어느 순간에 비슷하게 닮아가는 자신을 발견할 수 있다. 계속적인 행동이 습관이 되는 것처럼 책을 읽고 읽으면 어느 순간 작가의 뇌와 자신의 뇌가 같은 방향으로 움직이는 것을 느낄 수 있을 것이다.

작가의 뇌를 복제하는 것이 단순히 책 속에만 있는 것은 아니라고 말하고 싶다. 그들이 성장해온 환경, 추구해온 목표를 이해하고, 그들의 가치관 및 세계관에 대한 삶의 태도를 흉내 내는 것이다. 이런 것은 그들의 자서전이나 평전을 통해 알 수도 있으며 그들의 책 속 여기저기에 숨겨져 있으므로 찾아내는 즐거움도 있다.

마지막으로 일상생활에서 쉽게 사용할 수 있는 방법은 작가의 책을 필사하는 것이다. 필사는 시간이 걸리고 힘든 과정이지만 그것만큼 그들의 뇌를 빠르고 강력하게 가져올 수 있는 방법은 없다.

작가의 뇌를 복제한다는 것은 닮아가고 싶은 작가처럼 생각하는 데 있다. 자신의 작은 뇌를 세상이 공감하는 큰 뇌로 만드는 것이다. 논리적 사고력이 높은 작가의 책을 읽으면 자신의 논리력이 높아지는 것이며, 높은 통찰력을 가진 작가의 책을 읽으면 자신의 통찰력이 높아진다. 작가의 뇌 복제는 일반 복제하곤 다른 점이 있다. 작가의 뇌 복제는 독자의 노력과 열정 없인 불가능하고 복사처럼 똑같이 복제할 수 없는 유일성이 있다. 지금 우리의 뇌는 함께 생활하는 사람들과 대단히 유사하다. 뇌도 환경에 영향을 받기 때문이다. 흔한 복제품은 가치가 없기에, 우리는 위대한 작가의 뇌를 복제함으로써 'only one'이 돼야 한다. 그래야 자신의 가치가 새롭게 매겨지며 어디서든 자신의 중요도를 높일 수 있다.

책은 망치다

12 작가의 영혼을 만나는 법

　　법정 스님은 『무소유』를 남기고 세상을 떠났다. 성직자의 도를 위해 인간적인 기쁨을 모두 거부하고 검소한 삶을 실천한 위대한 성인이다. 수많은 책을 읽고 명상하며 아름다운 글을 쓰고 삶의 진리를 깨닫게 했다. 그의 책을 통해 그가 지녔던 영혼의 크기를 짐작할 수 있다. 아무것도 가지지 않았고 욕심도 없는 사람에게 어떤 두려움이나 불안이 있겠는가. 역으로 영혼의 평안은 무한대까지 이르지 않았나 생각한다.

　　영혼의 평안은 밖에서 얻는 것이 아니라 자신의 내면에서 이루어지는 작용이라 물질이나 외부의 상황은 크게 중요하지 않다. 우리는 목사님, 신부님 그리고 스님 등의 성직자들이 부자나 높은 지위에 있는 사람들보다 마음의 평안이 있음을 안다. 재물이 가장 큰 힘을 가지고 있다고 생각하는 사람들에게는 모순처럼 보일 것이다. 보이지 않는 영혼의 평안이 물질만능주의의 핵심인 돈과 권력보다 더 가치 있어 보이니 아이러니가 아닐 수 없다. 흔히 일반 사람들이 오해하는 부분들이 있다. 성직자는 신자들보다 높은 위치에 있으니 성스러운 생각으로 가득하다는 믿음이다. 내가 이제껏 직접 만나 보거나 책을 통해 본 성직자들은 우리와 똑같은 인간적 고뇌를 하는 사람들이었다. 볼 수도 없고 만질 수도 없는 신에 대한 본질을 신도들에게 이해시키기 위해 인간적인 고민을 더 많이 하는 것이 그들의 임무이기 때문이다. 그러기에 성직자의 높은 평안은 영혼의 크기와 관련이 있다. 그들의 본업은 신을 이해하기 전에 인간을 이해하는 것이다. 또한 인간을 이해하기 위해서는 자신을 성찰하고 각성하는 수양을 위해 평생을 바쳐온 사람들이다. 그들은 자기 스스로 깨달음을 위해서 일생을 보낸다.

주변을 보면 열심히 살고, 사회적인 지위뿐만 아니라 경제적으로도 부유한 사람들의 얼굴이 밝지 못한 것을 볼 때가 있다. 이는 명예와 권력, 끊임없는 물질적 욕망이 원인이기도 하지만 궁극적으로는 마음의 평안이 없어서이다. 마음이란 게 자신의 내면 깊은 우물 속에서 나오는 데 우물의 상태에 따라 시시각각 다른 물이 나온다. 맑고 깊은 물이 가득한 곳에서는 깨끗한 물이 넘쳐흐르지만 말라서 오물이 가득한 우물에서는 지저분한 물만 나온다. 마음속 깊이 자리한 우물은 자신의 영혼이다. 쉬운 말로 '자아'라고 부른다. 자아가 없이 사는 사람은 갈대와 같아서 작은 바람에도 흔들리기 쉽고 상처받기도 쉽다. 흐르는 물결을 따라 바람이 부는 대로 살아가는 사람을 줏대 없다고 말한다. 이런 사람이 성공한 인생을 살거나 행복하다는 이야기를 들어본 적이 없다. 줏대가 없다는 것은 자아가 없다는 말과 같다. 자신이 누구인지 모르고, 재능이 무엇인지 어떤 삶을 살아가야 하는지 모르기 때문에 바람 따라 물결 따라 흔들리는 삶을 살아가다 보니 마음에 평안 자체가 없는 것이다.

육체의 건강을 위해서 좋은 음식을 먹는 것처럼 건강한 영혼을 위해서는 마음의 양식인 책을 읽어야 한다. 흔히 영혼은 육체와 정신을 이어주는 가교 역할을 한다고 한다. 영혼이 건강하면 육체가 튼튼해지고 정신이 맑아진다. 이것은 얼굴을 통해서 나타난다. 영혼이 평안하면 식욕이 살아나고 얼굴에 화색이 돈다고 하는 말이 이를 증명한다. 얼굴이란 얼의 꼴이란 뜻으로 '얼'은 영혼이나 넋을 의미하고 '꼴'은 모양새를 말한다. 이를테면 영혼의 상태가 얼굴에 비쳐진다는 말로 광채가 빛나는 얼굴은 행복한 영혼을, 어두운 표정은 두려움과 불안이 밖으로 표출되었다는 것을 의미한다. 나이가 들면 자신의 얼굴에 책임질 줄 알아야 한다는 말도 같은 맥락에서 나왔다.

영혼의 평안은 깨달음을 통해서 얻을 수 있다. 사람들은 삶의 체험에서 새겨진 깨달음이나 한 권의 책이 주는 영감에 의존해 살아간다. 깨달음은 죽음을 넘나든 병에서 얻을 수도 있고, 아가페적인 사랑을 주는 부모님을 통해서 얻을 수도 있고, 훌륭한 학교 선생님의 가르침에서도 얻을 수 있다. 심지어 자신보다 약하고 어린 사람들에게서도 얼마든지 깨달음을 받을 수 있다. 그것은 그들에게 삶의 등대가 되어 주고 마음속 깊은 영혼의 우물이 되어준다. 깨달음이 깊어지면 자아가 성장한다. 하지만 몇 가지의 깨달음만으로 살아가기에는 인생은 너무나 넓고 깊으며 위험하다. 쉬지 않고 밀려드는 높은 파도를 이겨내기 위해선 그만큼의 깨달음과 역량이 필요하다. 고깃배의 목적은 고기를 잡는 것이다. 잔잔한 파도가 있고 육지와 가까운 안전한 곳에서는 원하는 고기를 잡을 수 없다. 힘차게 바다 한가운데로 나아가야 풍성하게 어획할 수 있다. 영어로 'No pain No gain'이란 말이 이런 상황에 잘 어울리는 표현이 아닐까 싶다.

책에는 영혼이 들어 있다. 우리가 책을 읽는다는 것은 작가의 영혼과 자신의 영혼이 만나 새로운 영혼으로 옮겨 가는 과정이다. 사람은 가까이 있는 사람을 닮아간다고 한다. 책을 읽는다는 것은 작가와 자신만의 긴밀한 대화를 나누는 시간이다. 위대한 영혼이 들려주는 삶의 이치를 배우는 시간이고 궁금한 것을 물어볼 수 있는 살아서 움직이는 시간이다. 몸은 비록 딱딱한 의자에 메여 있더라도 영혼은 매우 행복한 상태가 책을 읽는 시간이다. 독서를 할 때마다 우리의 작은 영혼은 위대한 영혼들과 섞이고 걸러져 좀 더 단단하고 큰 영혼으로 재창조된다. 책을 읽을수록 영혼의 크기는 증가하고 마음의 평안은 높아진다.

책은 과거의 위대한 영혼이 담긴 보물 상자이다. 보물의 열쇠는 책을 읽는 사람만이 손에 쥘 수 있다. 상자를 여는 사람은 위대한 영혼을 받아들이게 된다. 책은 무생물이지만 그 속에 담긴 영혼을 살아 움직이게 만드는 이는 독자이고 그가 책의 주인이 된다. 내 영혼을 바꾼 한 권의 책이란 결국 작가의 영혼과 나의 영혼이 만나 거대한 영혼으로 재탄생하는 것이다. 그렇기 때문에 책 한 권을 읽을 때마다 가슴 떨림이 생긴다.

네가 보는 책들, 한 권 한 권이 모두 영혼을 가지고 있단다. 책을 쓴 사람의 영혼과 책을 읽으며 꿈을 꾸었던 이들의 영혼 말이다. 한 권의 책이 주인의 손에 들어갈 때마다, 누군가가 책장들로 시선을 미끄러뜨릴 때마다, 그 영혼은 자라고 강해진단다.

카를로스 루이스 사폰의 『바다의 그림자』에서 서점을 운영하는 아버지가 아들 다니엘에게 '잊힌 책들의 무덤'에 대해 이렇게 말해준다. 그렇다. 작가라는 영혼의 창조자를 통해 우리의 자아는 자라나고 단단해진다. 거친 강풍에도 풍랑에도 꿋꿋이 나아갈 수 있는 힘을 기를 수 있는 곳이 책의 세계이다. 마음의 평안을 위해서 책은 안식을 주는 보물이다. 친구를 보면 그 사람을 알 수 있듯이 읽는 책을 보면 그 사람의 영혼을 볼 수 있다. 영혼의 평안이 자신의 얼굴에 광채가 나게 하고 인생을 행복하게 한다. 책은 행복이고 작가는 우리 영혼의 창조자이다.

책을 좋아하게 되는 방법

한 작가의 열정 팬이 되어라

책을 가장 잘 읽는 방법은 독서 습관이다. 어떤 좋은 독서 방법보다도 훌륭한 수단이다. 습관이 되는 최선의 방법은 좋아하게 만드는 것이다. 좋아하지 않고 억지로 하는 독서만큼 악영향을 주는 것도 없다. 재미있게 읽을 때, 자신에게 많은 도움을 줄 때 책을 좋아하게 된다. 하지만 한 작가를 짝사랑하는 것만큼 책을 좋아하게 만드는 것도 없다. 모든 책이 재미있을 수 없고, 읽는 책마다에서 도움을 받을 수 있는 것도 아니기 때문이다. 영화나 음악 매니아의 공통점은 자신이 좋아하는 영화감독이나 배우, 그리고 가수가 존재한다는 점이다. 어떤 영화, 어떤 음악으로 좋아하게 되었을지라도 매니아가 되기 위해선 자신의 마음속에 영웅이 필요하다. 블록버스터 'ET'를 본 관객은 뛰어난 상상력을 가진 스티븐 스필버그의 영화를 좋아보게 되면서부터 영화에 눈을 뜨게 되고, 다른 장르로 넘어가 결국에는 영화 매니아가 되었다. 매니아란 행동이 몸에 배어 습관 이상이 된 사람이다.

책도 마찬가지다. 한 작가의 열정적인 팬이 되어 책 읽기를 해보라. 『위대한 유산』을 읽고 찰스 디킨스가 좋아졌다면 그의 다른 책들도 찾아 읽는다. 그의 다른 명작인 『크리스마스 캐롤』이나 『두 도시 이야기』 또한 좋아하게 되

고 그의 팬이 될 것이다. 보통 한 작가의 책에서는 통찰력이 비슷
하고 이야기 전개 방식도 별반 차이가 없어, 처음 읽었던
책에서 느꼈던 비슷한 감정과 감동을 받을 수 있기 때문
이다. 한 작가의 열정 팬이 된다는 것은 계속적으로 즐거
움을 느끼면서 독서를 할 수 있게 만든다. 열정 팬이 되면
그의 나머지 모든 책을 찾아 읽게 된다. 이것은 책을 좋
아하게 만드는 동시에 독서 습관이 되는 지름길이다.

독서팁

독자의 겸손은 책과 작가를 신성시함으로써 제대로 본질을 파악하지
못하게 만든다. 책이 언제나 옳고 작가의 말이 항상 맞다고 생각하는
독자의 뇌는 노예 상태로 변한다.

3

**나는 읽는다
고로 흔들리지 않는다**

1 질문의 힘을 신뢰하라

여기서 어느 길로 가야 하는지 가르쳐줄래?

그건 네가 어디로 가고 싶은가에 달려있겠지

난 어디든 상관없어

그렇다면 어느 길로 가도 상관없겠네.

『이상한 나라의 앨리스』에 나오는 앨리스와 고양이의 대화이다. 앨리스의 질문에 대한 고양이의 대답이 적절한가. 아니면 엉뚱한가. 질문을 하는 가장 중요한 이유는 답을 얻고자 함이다. 그러나 어느 질문에는 그 질문을 하는 당사자가 답을 갖고 있는 경우가 많다. 카메룬 속담에는 "질문하는 사람은 답을 피할 수 없다"는 말이 있다. 답을 하기 곤란하거나 명확하게 대답할 수 없을 때 질문자에게 반문해 보면 질문했던 그에게서 자신이 원하는 답이 나올 수 있다.

작가의 무기는 무소불위의 권력을 휘두르는 상상력과 창조력이다. 창조뿐만 아니라 부활의 능력도 자유자재로 구사한다. 작가에 비해선 초라하지만 독자에게도 촌철살인의 무기가 있다. 책과 작가가 가장 좋아하면서도 무서워하는 무기이기도 하다. 그것은 질문이고 어떤 답도 피해갈 수 없고 상상력을 자극시키는 촉매제이다. 질문은 자신의 능력이 되고 질문의 수준은 인격의 수준을 나타낸다. 또한 그것은 관심과 호기심을 끌어들여 주의를 기울이게 만든다.

책을 읽는다는 것은 작가와 끊임없이 대화를 나누는 과정이다. 질문과 대답의 반복이 책을 다 읽을 때까지 이어진다. 육체는 정지화면처럼 멈춰 있지만 정신의 활동은 그 어느 때보다 활발하다. 질문을 한다는 것은 적극적으로 독서를 하고 있다는 반증이다. 질문에는 상상을 초월하는 힘이 있다. 기존에 가져왔던 자신의 지식에 한계를 느끼거나 상충적인 내용을 담은 책에 던지는 의문이기 때문이다. 자신의 부족함을 알아가는 과정이 질문이고 상상력을 깨워 능력을 확장시키는 일이 질문의 역할이다.

책을 읽다가 내용에 대해 무심코 드는 질문. 그것은 자신의 지적 탐구 능력이 발휘되는 순간이다. 위대한 질문은 위대한 결과를 가져온다. 논리적인 질문은 이성적이고 논리적인 답을 준다. 감성적이고 불명확한 질문은 그대로 불명확하고 감성적이 대답이 되어 돌아온다. 질문 속에 대답이 있고 질문의 수준에 따라 답도 달라진다. 좋은 독서가 되려면 쉼 없는 질문을 퍼부어야 하며 지식의 한계를 넘어서는 질문이어야 한다. 질문하는 동안 자신의 생각은 상상의 나래를 펴고 한계를 넘는 지식과 만날 수 있는 것이다.

어린 아이의 질문 하나가 위대한 발명으로 이루어진 사례가 있다. 폴라로이드는 즉석카메라의 상품명으로 창업자인 에드윈 H 랜드가 개발했다. 휴가 중에 3살짜리 딸이 "왜 사진은 찍은 뒤 바로 볼 수 없어요?"라고 물었다. 이 질문이 발명의 계기가 되었다. 소크라테스 또한 질문을 통해 세상에서 가장 현명한 사람이란 신탁을 받았으며, 타인에게 가르침을 줄 때도 정답이 아닌 질문을 늘 던졌다. 질문은 대답을 위한 것이기도 하지만 이미 정답이 내포되어 있어서 스스로 답을 생각하게 만든다.

책을 읽을 때도 마찬가지 공식이 필요하다. 자신의 문제해결과 성장을 위한 답만을 요구한다면 독서로는 자아의 질적인 성장을 이루기 어렵다. 답이 나오는 과정을 알아야 어느 곳에서도 응용할 수 있는 것처럼 질문을 통해 원인과 과정에 대한 끊임없는 탐구가 이뤄져야 한다. 책을 읽는 과정이 질문의 연속이 되어야 뇌는 폭풍 성장을 할 수 있다. 자신의 지식 안에 있는 물음표보다는 지식의 한계를 넘어서는 질문이 더 중요하다. 질문은 상상력을 동원하고, 상상력은 자아를 성장시키고 꿈을 실현시킨다. 노벨 문학상을 받고 멋진 삶을 살다 간 조지 버나드 쇼는 자신의 성공에 대해 이렇게 말했다.

사람들은 사물을 있는 대로 보며 '왜?' 하고 묻는다. 반면에 나는 없는 것을 꿈꾸면서 왜 안 될까? 하고 묻는다.

그는 단순한 물음이 아닌 잠재능력을 끌어올릴 수 있는 질문을

함으로써 성장하고 발전할 수 있었다고 한다. 그의 묘비명에 쓰여 있는 "우물쭈물하다가 내 이럴 줄 알았지"라는 문구만큼 기지와 위트, 그리고 상상력이 풍부한 사람이었다.

질문은 자신의 내면에 있는 잠자는 거인을 깨우는 일이다. 무한한 잠재능력이 되살아나기 위해서는 의식이 한계라고 정한 지식의 수준을 뛰어 넘는 상상력을 발휘해야 한다. 알지 못하거나 자신의 지식과 상이한 내용에 대해 의문을 갖고 물어보는 행위가 질문이기 때문이다. 질문하는 독서는 지겨울 틈이 없고 성장이 되지 않을 수 없다. 질문은 생각하지 않으면 안 되고 생각은 성숙한 인간을 만든다. 우리들은 문제가 생기면 먼저 해답을 찾는 데, 대부분의 시간을 보낸다. 근본적인 원인에 대한 의문 없이 답을 찾을 수 없음에도 강박관념에 걸린 사람처럼 해답만을 찾는다. 중요한 것은 답이 아니라 질문이 우선돼야 한다. 질문을 통해 본질을 파악하고 상상력을 발휘해야 하는 것이다. 이를 증명하듯 천재적인 과학자 알버트 아인슈타인도 질문의 중요성을 강조했다.

질문이 정답보다 중요하다. 곧 죽을 상황에 처했고, 목숨을 구할 방법을 단 한 시간 안에 찾아야만 한다면, 한 시간 중 55분은 올바른 질문을 찾는 데 사용하겠다. 올바른 질문을 찾고 나면, 정답을 찾는 데는 5분도 걸리지 않을 것이다.

질문의 질과 수준은 자신의 삶을 대변해 준다. 자신의 뇌는 질문과 그 수준에 맞는 인격으로 변화한다. 논리적인 질문이 논리적이고 이성적인 삶을 주고, 아름다운 질문이 아름다운 삶을 만든다. 질문의 수준은 곧 삶의 수준이 된다. 독자의 힘은 질문이다. 책에 질문을 한다는 것은 자신에게 질문을 던지는 것이다. 작가는 단지 도와줄 뿐이고 분석하고 사고해서 답을 얻는 것은 자신이 해야 할 몫이다.

　질문은 책을 읽는 사람을 생각하게 만들 뿐만 아니라 그 책에서는 답을 얻지 못하더라도 귀중한 정보를 얻게 한다. 질문을 던진다는 것은 호기심의 발로이며, 주의와 집중으로 답을 얻는 방법이다. 본질이나 핵심이 무엇인지 정확하게 물어보는 것이 질문이다. 일정한 길을 왕복하는 사람이 습관적인 방법으로 다니면 매일 스쳐지나가는 사람이 있다 해도 인지하기가 어렵다. 또한 생각 없이 다니면 길가에 핀 꽃이 무슨 꽃인지, 어떤 색상인지 기억할 수 없다. 하지만 연인이나 친구라면 단번에 알아보고 반갑게 달려갈 것이다. 관심과 호기심이 작동해야만 온전히 알아볼 수 있다. 책을 읽을 때도 이와 마찬가지다. 관심 대신 질문이 그 역할을 대신한다.

　좋은 질문은 좋은 독자를 만든다. 좋은 독자는 자아성장을 잘 이루는 사람이다. 결국 좋은 질문은 자아성장을 위한 디딤돌이자 성공의 씨앗이 된다. 생각의 수준이 높은 질문은 자신의 삶의 수준을 높이는 결과를 가져오는 셈이다. 독자의 가장 큰 무기인 질문을 잘 사용해서 꿈을 이루는 수단으로 사용해야 한다.

　그냥 읽기만 하는 사람은 책의 내용을 잘 이해한다고 할 수 없다. 질문하지 않는 독자는 수동적인 독서를 하며 상상력과 창의력을 잃어버리고 재미없는 독서를 하게 된다. 질문이 없다는 것은 관심과 호기심이 없다는 말이다. 그런 독자는 무기도 없이 전쟁터에 나가는 병사와 같아서 책에서 얻을 수 있는 게 별로 없다. 끊임없이 질문하며 책을 읽어야 한다. 마침표가 아닌 물음표가 많아야 참된 독서를 하는 것이다. 질문은 깨어 있는 독서의 포인트가 된다.

책은 망치다

2 겸손은
독자의 죄악이다

　　우리 사회의 뿌리는 유교사상이다. 도덕적 덕목
을 중시하는 유교는 양보나 겸손의 미덕을 의미 있는 가치로 삼는다.
겸손할수록 상대를 존중하고 자기를 내세우지 않는다. 그만큼 자아
가 강화되어 양보나 아량을 베풀만한 힘이 있다는 반증이다. 그러나
겸손의 덫이라는 말이 있다. 모든 일이 양면성을 가지고 있듯이 겸손
이 최고의 미덕이 될 때도 있지만 사회나 개인의 발전에 장애가 될
때도 있다. 아무리 좋은 덕목이라도 상황에 따라 적절하게 사용하는
지혜가 필요하다.

　　책 속 인물을 만나거나 논리에 대적할 때도 마찬가지다. 자신의
두 손 두 발을 다 묶고 싸우는 겸손의 독서로는 책이 주는 메시지를
온전히 받아들이기 어렵다. 겸손한 자세로 책이 주는 교훈 몇 가지만
을 얻기 위한 독서는 지양해야 한다. 온몸으로 독서해야 살아 있는
책 읽기가 된다. 겸손은 책을 읽은 후의 태도이지 독서 중에 취할 바
람직한 행위가 아니다. 적극적이고 도전적인 자세로 책을 이해하려

고 해야지 아무 생각 없이 책에 끌려가면 어리석은 것이다.

책과 나누는 적극적인 대화가 우리의 뇌를 광란의 도가니로 만든다. 뇌 속의 시냅스가 서로 연결되면서 생각이 깊어지고 기억이 강화되는 활동을 하게 되는 것이다. 이렇게 책을 읽는 묘미는 특별한 경험으로 부각되어 쉽게 잊히지 않는다. 샤를 단치는 『왜 책을 읽는가』에서 그 특별한 경험을 표현해 주고 있다.

> 책을 읽으며 나아갈 때 나는 죽음과 경주를 한다. 이는 다른 모든 독자들도 마찬가지일 것이다. 왜냐하면 독서의 본질적인 동기이자 유일한 이유, 그것은 바로 죽음과 당당히 결투하는 것이기 때문이다.

독서가 죽음과의 경주이고 결투라니, 쉽사리 공감하기 어려운 문제다. 그러나 책과 사투를 벌여본 이는 분명하게 이 느낌을 알 것이다. 독서는 세상에서 가장 이기적인 행동이고 책은 전쟁터이며 독서로 책과 자신이 전투를 하는 것이다. 우리가 상대하는 작가는 고도로 훈련되어 있다. 또한 전문적이고 책을 쓴 분야에 있어서 인정을 받고 있는 사람이다. 그런 작가를 상대해야 하는 우리는 한시도 경계심을 늦춰서는 안 된다. 살얼음판을 걷는 기분으로 긴장하고 적극적으로 상황에 대처해야 한다.

독서 자세에도 빛과 그림자가 있다. 애정, 열정과 겸손의 관계가 그러하다. 애정과 열정이 책에서 귀한 것을 얻으려는 빛이라면, 겸손은 자꾸 나태해지고 책 읽기의 즐거움을 사라지게 하는 그림자다. 겸손은 생산적인 독서를 방해한다. 겸손한 독자는 어떤 책을 읽은 후 그 책이나 작가의 맹신자가 되는 경우도 많다. 독서에서 겸손은 수동적인 의미를 지니고 비굴하게 자기 자신을 전쟁터에 내맡기는 무책임한 행동이다. 그래서 겸손은 독자의 죄악이다.

이제 갓 책을 읽기 시작한 사람들은 더욱 자신의 무지를 느낄 수 있다. 이 무지와 겸손이 만날 때 책이나 작가에 대한 맹신을 보낸다. 이렇게 되면 자신의 상황은 고려하지 않고 타인이나 세상의 의견만으로 세상을 보고 판단한다는 문제가 생긴다. 이렇게 해서는 오히려 책에서 얻을 수 있는 게 없다. 무능하다고 생각할수록 겸손하기보다는 조금은 당당한 책 읽기를 해야 뇌가 살아서 움직인다. 수동적인 자세인 겸손에는 질문이 없고 대화가 없어 밋밋하고 졸음이 오는 책 읽기가 되기 쉽다. 그리고 깨달음이나 삶에 실천할 만한 통찰력을 얻기도 어렵다.

독자의 겸손은 책과 작가를 신성시함으로써 제대로 본질을 파악하지 못하게 만든다. 책이 언제나 옳고 작가의 말이 항상 맞다고 생각하는 독자의 뇌는 노예 상태로 변한다. 노예에게 어떤 발전이 있을 수 있겠는가. 주변을 둘러보면 의외로 책과 작가를 맹신하는 이들이 제법 많다. 이들이 의식적이고 적극적인 자세로 책을 대했다면 책을 읽는 동안 책 속 내용과 많은 대화를 나눴을 것이다. 작가가 미처 대답하지 못하거나 확신이 없는 대답도 있을 것이다. 어느 책이든 깊이 있는 질문을 던지면 반드시 작가가 대답할 수 없는 질문이 나온다.

완벽한 책이란 없다. 어떤 책이든 책을 읽는다는 것은 도발적으로 세상을 알아가는 것임과 동시에 자신을 깨우쳐가는 과정이다.

다시 말하지만 책을 대하는 겸손은 독자의 죄악이고 독자의 가장 큰 무기인 애정과 열정을 죽이는 행위다. 책을 읽을 때는 수동적인 태도보다 능동적이고 적극적인 자세가 중요하다. 독서할 때는 눈을 부라리고, 매가 사냥할 때의 매서움으로 책을 읽어라. 치열한 싸움이 끝난 독서 후에는 벼가 머리를 숙이듯 겸손의 미덕을 간직해야 한다. 그러니 책을 읽을 때만은 겸손을 마음 한 구석에 잘 간직해 두고 매의 기상으로 읽기를 권한다.

좋은 책이, 위대한 작가가 자신에게 상상력과 창의력을 만들어준다는 생각은 실로 위험하다. 상상력은 책이나 작가가 만들어주는 것이 아니라 독자 스스로 생각하는 힘이다. 저절로 이루어지는 일이란 없다. 마지막엔 항상 자신의 노력이 수반되어야만 한다. 죽은 듯 조용히 읽는 겸손의 독서보다는 생명력 넘치는 독서로 자신의 존재감을 확인하고 잠재력에 불씨를 당겨야 한다.

책은 망치다

3 자유를 향한 발걸음

고독은 오묘한 매력이 있다. 사과나무 밑에서 고독한 시간을 보내던 아이작 뉴턴은 사과가 떨어지는 모습을 지켜보고 중력을 발견했다. 혼자 고독을 즐기던 로댕은 자신의 모습을 담은 '생각하는 사람'을 조각으로 창조해냈다. 참으로 훌륭하고 아름다운 고독이라고 할 수 있다. 이런 고독은 즐거움이나 아름다움을 넘어 탁월한 성과를 내는 일이기에 위대한 일이기도 하다.

고독은 자아를 밝혀주는 등불이다. 고독은 타인이 관심 갖지 않는 곳에서 느끼는 감정이기에 자신 외에는 어느 누구도 알 수 없는 마음의 상태다. 남의 눈이 없는 곳에서는 어떤 일이든 할 수 있는 것처럼 고독은 말없이 자아를 감싸고 있는 껍데기를 하나둘씩 벗겨준다. 군중 속에서 자신을 보호하기 위해서 입었던 모든 껍데기를 벗어던지는 것이다. 이렇게 고독은 자신의 내면에 깊이 감춰진 자아를 볼 수 있게 빛을 비추는 등불이 된다. 고독은 불안이나 외로움을 이겨내고 즐거움과 좋은 결과로 이어지는 사례들이 많다. 조용한 암자에서 명상과 도를 닦는 선승의 고독이 아름다우며, 실험실에서 기구와 함께 열중하는 연구자의 고독은 창조적이다. 또한 회사의 장래를 걱정하며 고독 속에 파묻혀 있는 사장의 모습은 신뢰를 준다.

독서의 본질은 고독과의 싸움이다. 고독은 다른 사람이 자신에 대한 무관심을 나타낼 때 느끼는 감정이다. '군중 속의 고독'을 말한 미국의 사회학자 데이비드 리스먼의 말처럼 우리는 군중 속에서도 외로움을 느낀다. 우리의 마음이 늘 외부로 향하고 있기 때문이다. 외부 지향적인 인간은 타인의 생각과 관심에 대해 지나치게 민감한 반응을 보인다. 혹시나 소속된 집단으로부터 외톨이가 되지 않을까 하는 불안감이나 소외감이 고독을 부정적으로 생각하게 만든다. 그로 인해 고독을 즐기지 못하고 고독하다는 것 자체를 병적 요인으로 치부한다. 다시 말하지만 고독은 즐겨야 한다.

고독을 아름답게 할 수 있는 방법은 역시 책을 읽는 것이다. 누구나 마음만 먹으면 주변에서 쉽게 할 수 있으며 자신의 고통은 거의 필요로 하지 않는다. 여느 고독과는 달리 즐거움이 지속되는 장점이 있다. 특히 독서가 주는 고독 중에서 가장 위대한 것은 자유를 얻는 일이다. 타인으로부터 고립되는 고독이 아니라 남들로부터 자유를 얻는 효과이다. 타인이나 사회로 향하는 고독은 불안과 외로움을 의미하지만 내면의 세계로 향하는 고독은 진정한 자유를 의미한다.

독서의 위대함은 결국 자유를 향한 발걸음인지도 모른다. 사회를 떠나서 살 수 없는 인간은 어디엔가 매이지 않으면 안 되는 운명이다. 자신이 스스로 만든 법규나 규칙에 의해서 묶여 있어야 하고 물질이나 권력의 노예로 살아가야 한다. 자기 자신 또는 타인에 의해 구속받는 생활은 자신이 사는 지역을 떠나 먼 나라로 간다고 할지라도 비슷한 멍에를 벗을 수 없다. 일상을 벗어나 휴가를 떠난다고 한들 그곳에서조차 어떤 규제나 타인들로 인해 오롯한 자유를 만끽하지 못할 것이다.

자신을 둘러싼 환경에서 벗어날 또 다른 길이 있다면 그것은 독서다. 손에 든 한 권의 책에서 우리는 자유를 얻는 기쁨을 느낄 수 있다. 자아가 강한 사람은 구속되지 않는 자유로운 영혼을 가진 사람이다. 책을 많이 읽은 사람일수록 자아성장이 발달하며 외적으로나 내적으로나 얽매이지 않고 살 수 있는 자유인이 될 수 있다. 그로 인한 자아성장은 독서를 통해 얻을 수 있는 지고의 가치를 지니고 있다.

책을 모르고 독서의 즐거움을 모르는 사람이 가진 한계는 독서 자체를 외로움으로 치부한다. 독서의 즐거움은 고독을 가장 멋지게 즐기는 방법인데 그들은 혼자인 것 자체를 쓸쓸하게 본다거나 할 일 없는 사람으로 여긴다. 독서를 하는 고독은 자아를 발견하게 하고 자신을 탁월하게 만드는 일이다. 읽는 즐거움을 지나 자신을 능력 있는 사람으로 만드는 과정이다. 독서를 하는 사람은 혼자가 아니다. 특별한 사람들과의 만남이 있고 위대한 영혼을 가진 작가와 끊임없이 대화를 나누는 시간이다. 세상을 살아갈 지혜를 배우고 일상생활에서 만나는 상식을 벗어난 즐거운 만남이 있다. 프랑스의 작은 거인인 나폴레옹 보나파르트는 독서하는 고독의 즐거움을 이렇게 표현했다.

근무 외에는 독서다. 속옷은 일주일에 한 번만 갈아입으면 된다.
요즘은 밤잠을 아껴 책을 읽고 있다. 식사도 하루 한 끼로 버티고
있다. 어머니의 말씀대로 고독의 벗은 독서뿐이다.

그는 밤잠을 아끼고 식사도 거를 만큼 책을 좋아했으며 고독은 독서의 훌륭한 벗임을 오래 전부터 알았다. 다람쥐 쳇바퀴 같은 삶에서는 창의적인 생각을 하기가 어렵다. 삶에 문제가 닥쳐왔을 때 고독 속에서 진정한 자아와 싸우는 사람은 최고의 결정을 할 수 있는 자질을 갖춘 사람이다.

독서는 자유를 주고 즐거움을 주는 좋은 벗이다. 좋은 벗은 행복의 근원이 된다. 또한 자아성장을 위한 등불이 되기도 한다. 고독을 벗 삼아 책을 읽는 사람에겐 불행도 피해 간다. 파스칼이 "모든 인간의 불행은 방 안에 조용히 혼자 앉아 있지 못하는 데서 비롯된다"라고 한 말은 고독이 주는 이로움을 알지 못하는 사람에게 경종을 울리는 말이다. 독서는 고독 속으로 들어가는 입구다. 책을 읽고 깊은 사색에 빠지는 고독은 행복한 삶을 누리는 열쇠가 된다. 고독을 즐기는 독자는 위대해지는 것이다. 독자의 고독은 탁월함으로 가는 특권이다.

함께 할 수 있는 독서란 말장난에 지나지 않으며 지독하게 자신과 싸우는 과정이다. 고독하게 싸우는 일이 즐거움이 된다. 정말 그렇다. 미칠 만큼 책을 많이 읽는 사람을 우리는 독서광이라고 한다. 고독함 속에서 책과 씨름하는 그들의 표정이 어둡기는커녕 즐거움으로 희색이 만연하다. 책을 읽는 고독 속에는 대체 어떤 즐거움이 있기에 외로움이 즐거움으로 변하는 걸까.

　의도하지는 않지만 고독은 많은 경우 문제를 해결하는 능력을 준다. 문제의 핵심은 늘 밖에 있다기보다는 안에 있다. 흔들리는 상황을 보지 말고 내면에서 자아가 진정으로 원하는 것을 찾아야 한다. 무리에서 벗어나 고독을 즐길 줄 알아야 강한 자가 되고, 삶을 주도적으로 이끌어 갈 수 있는 힘이 생긴다. 고독을 즐기는 독자는 위대할 뿐만 아니라 행복한 삶을 살아갈 수 있다. 고독은 또한 사람을 고매한 사람으로 만든다. 고독은 여러분이 아름다운 열매를 맺게 하는 자양분이다. 고독 속에서만 참다운 인간의 정신이 꽃핀다.

4 노예로
살 것인가

골프를 배운 사람이라면 기본이 얼마나 중요한지 알 수 있다. 어깨 너머로 배운 사람과 코치에게 레슨을 받은 자의 차이는 현격하다. 자세에서부터 공을 치는 요령까지 차례대로 차근차근 배워나가지 않으면 실력이 쉽사리 늘지 않는다.

요즘 젊은이들이 많이 하는 쇼핑몰에서도 마찬가지다. 혹시 어떤 비법이 있지 않나 싶어 큰 비용을 지불해서 노하우를 배우기도 하고 전문 마케팅 업체에 의뢰해 홍보도 한다. 하지만 뒤늦게 모든 것은 기본이 중요하다는 것을 깨닫는다. 장사가 잘된다는 것은 가격 대비 품질이 좋거나 싸거나 자신만의 노하우가 있고 서비스가 좋아야 한다. 그리고 상품평이 구매의 첫 번째 조건이니 관리를 잘해야 하고 실물이 아닌 이미지라 현실감 있게 모델을 써서 싱품의 장단점을 잘 포장해야 한다. 업종별 차이는 조금씩 있겠으나 모든 일에는 순서가 있으며 기본이 있다는 원칙을 알아야 한다. 기본에 충실해야 효과가 극대화된다.

책을 읽는 사람에게도 기본이 되는 자질과 자세가 있다. 이것들을 잘 갖춰야 책에서 얻을 수 있는 최상의 보물을 손에 쥘 수 있다. 독자의 기본자세 중의 하나가 "독서의 주인공은 독자다"라는 마음가짐이다. 독서의 주체는 책 속의 주인공이나 작가가 아니다. 그들은 책을 읽는 사람의 마음을 즐겁게 하고 독자의 자아성장을 돕는 역할만 한다. 상인이 물건을 팔듯 작가나 출판사는 그 책의 장점을 극대화해서 독자 앞에 선 보인다. 책의 마케팅을 돕는 편집이나 제목, 서체 등으로 포장하고 독자의 마음을 사로잡을 카피를 따낸다. 물건을 샀을 때 물건을 만든 생산자보다 제품의 성능이나 품질을 먼저 따지듯 책도 마찬가지다. 이름 있는 작가가 쓴 책이라고 해서 그 책을 신주단지 모시듯 경배하거나 아무런 생각 없이 읽어서는 안 된다. 주인이 주인 역할을 못 하면 책을 숭배하는 노예가 되고 작가 영혼의 노예로 전락할 뿐이다. 그래서는 책을 읽는 진정한 목적인 자아성장은 이룰 수 없다.

독서의 3요소를 굳이 말하자면 책, 작가 그리고 독자다. 앞에서 책과 작가에 대한 단상들을 나름대로 피력했지만 '독자'는 혼란스럽기만 하다. 어둠을 밝히는 촛불의 등잔 밑이 가장 어두운 것처럼 독서의 주인공인 독자의 윤곽은 잘 보이지 않는다. 도서관 등에서 자료를 검색해도 독자에 관한 내용은 '책을 읽는 사람'이라는 정도로만 언급하고 있다. 책을 읽는 목적이 자아의 발견을 넘어 성장을 위함인데 독자에 관한 정보가 없다는 게 이상스럽다. 손자병법에도 '지피지기 백전불태'라 하여 그를 알고 나를 알면 백 번 싸워도 위태롭지 않다 하였다. 정말로 책을 읽는 사람이 자신을 모르고도 책을 잘 읽을 수 있을까. 어림없는 이야기다. 아무리 책을 많이 읽어도 변화가 없고 성장이 없는 이유는 모래 위에 집을 짓기 때문이다. 책을 읽어감에 따라 늘어가는 것이 남에게 보여주기 위한 책장 속의 책이 되어서는 안 된다. 좋은 작가를 만나고 멋진 글귀에 온통 정신을 빼앗기는 독서여도 안 된다. 친구와 지인들에게 책 자랑, 작가 자랑하는 바보가 되어서도 안 된다. 오롯이 자신을 성찰하고 자아 성장을 위한 목적이 선행되어야 한다. 그렇기에 자신인 '독자'를 먼저 알아야 한다.

영어속담에 "좋은 독자는 좋은 작가만큼 드물다"라는 말이 있다. 그만큼 책을 읽는 독자의 자질과 기본을 갖추는 것이 쉽지 않다는 데 있다. 좋은 독자의 조건은 주체의식을 갖고 독서에 임해야 한다. 명작이나 위대한 작가에 주눅 들지 않고 주인으로 행세해야 한다. 주인이 꼭 하인보다 나을 필요는 없다. 다만 주인의식만 가지고 있으면 된다.

스스로가 독자의 정의를 생각하는 시간을 가져보는 것도 좋겠다. 나는 '독자'를 독한 사람이라고 정의하고 싶다. 독하지 않은 사람은 혼자 읽는 고독을 견디기가 쉽지 않고 휴대폰을 가지고 노는데 열 시간을 투자해도 독서하는 일 분을 내기 어렵기 때문이다. 책 읽기의 본질은 자아를 찾아가는 여행이다. 잠깐 다녀오는 관광이 아니라 미지의 세계를 탐험해서 자아라는 보물을 찾는 행위이다. 책 읽기의 어려움이 여기에 있다. 인간의 두려움과 공포는 알지 못하는 세계에 대한 느낌 때문이다. 일상적으로 함께 하는 사람들과의 만남이나 여행은 즐거움이 될 수 있지만 미지의 세계로, 그것도 혼자서 가야 하는 여행을 즐겨하는 사람은 드물다. 또한 인간은 자신의 보물이 무엇인지 알기를 원하기보다는 상자에 담긴 보물의 가치를 상상 속에 담아두길 원한다. 혹시 상자에 보물이 아닌 돌이나 나쁜 것이 해나 끼치지 않을까 우려하면서 말이다.

독서는 물리적인 공간과 시간에서의 고독이며 자아와 싸우는 치열한 전투행위다. 자신을 대신해 싸워 줄 사람은 없다. 책 속의 인물들이나 작가는 때론 아군이기도 하고 적군이 되기도 하기 때문에 믿을 수 없다. 오로지 자신만을 의지하며 싸워야 한다. 그래서 독서의 주인공은 독자가 될 수밖에 없다. 조연이나 엑스트라는 본질이 아닌 현상을 보여주고 주류가 아닌 지류에 속한다. 주인공이 되어야만 온전히 책 속에서 본질을 볼 수 있고 큰 흐름을 읽을 수 있는 능력이 생긴다. 무엇이든 주인의식을 가지고 살아야 하는 이유이기도 하다.

어느 책을 읽을 것인지 선택하는 것은 독자의 몫이다. 감정에 따라 원하는 책을 선택할 수 있는 권리가 있다. 명작 반열에 오른 고전이라고 해서, 명망 있는 작가라고 해서 자신의 지위를 이용해 독자에게 읽을 것을 강요하지는 못한다. 마음에 드는 작가를 선택하는 것도 독자이고 그를 훌륭한 작가의 위치에 오르게 하는 사람도 독자이다. 베스트셀러 작가의 보이지 않는 아우라가 자신의 책을 강요하는 게 아니라 독자 스스로 그들의 이름에 주눅이 드는 것이다. 고전도 위대한 작가도 독자를 자신의 노예로 만들어선 안 된다는 것을 독자는 알아야 한다. 어리석은 독자는 스스로 족쇄를 차고 그들의 노예로 살아가고 싶은 마음이 있을 뿐이다. 크고 높이 있는 존재에게 기대서 사는 것에 위안을 삼는 영혼 없는 사람들이 간혹 있다. 그러나 우리가 분명하게 알아야 할 것은 주인 의식을 가지고 책을 대해야 얻을 수 있는 것이 훨씬 더 많다는 사실이다. 자신이 원하는 책을 찾아 떠나라. 그것이 독서의 가장 바른 기본기이다.

5 독자는 시대를 움직이는 혁명가다

체 게바라는 다재다능한 인물이었다. 그는 피델 카스트로 형제와 함께 쿠바 혁명을 이끌었다. 의사이자 고고학자였고 작가이며 시인이었다. 또한 혁명에 성공한 이후에는 국립은행 총재, 장관 등 정치적 행로를 걷기도 했다. 하지만 그의 진정한 직업은 혁명가라 할 수 있다.

그는 아르헨티나의 중산층 집안에서 태어났지만 사회주의를 이상 사회로 간주하는 자신의 신념을 위해 많은 실천을 했다. 농민을 위한 토지 개혁, 노동자를 위한 주택 공여, 임금 제도 개선 등 국민의 실질적 삶의 향상을 위해 혁명에 뛰어들었다. 반세기도 훨씬 전에 현재 우리의 정부가 적극적으로 시행하는 자본주의의 병폐를 치유하고자 했던 것이다. 쿠바혁명에 성공하면서 편안한 여생을 보낼 수 있는 지위와 조건이 제시되었지만 그는 남미의 불합리를 그대로 두고 볼 수 없어 또다시 직업혁명가의 삶을 위해 볼리비아로 떠났다.

그의 혁명정신은 책으로부터 시작되었다. 책을 통해 자본주의 모순을 직시했고, 농부, 노동자 그리고 사회적 약자들의 삶의 고통을 온몸으로 받아들였다. 그의 정신과 육체는 더 이상 편안한 의사의 직업을 거부하며 세상을 바꾸고자 혁명가의 길로 들어서는 데 망설이지 않았다. 당시 그에게는 낡은 오토바이와 책 외에는 아무것도 없었다.

우리 앞에는 끝없는 투쟁이 있음을 기억하거라. 네가 어른이 되었을 때 너 역시 투쟁의 대열에 끼어야 할 것이다. 어른이 될 때까지 가장 혁명적인 사람이 되도록 준비하여라. 이 말은 네 나이에는 많이 배워야 한다는 것을 의미한단다. 가능하다면 정의를 지지할 수 있도록 준비하거라. 나는 네 나이에 그러지를 못했단다. 그 시대에는 인간의 적이 인간이었다. 하지만 지금 네게는 다른 시대를 살 권리가 있다. 그러니 시대에 걸맞은 사람이 되어야 한다. _ 장 코르미에의 『체 게바라 평전』

체 게바라가 열 살 난 딸 일디타에게 보낸 편지의 일부분이다. 어렸을 때는 오직 공부와 책을 통해 정의로움을 깨우쳐야 한다는 것이다. 그렇게 되면 남다른 생각을 가지고 불의에 저항할 수 있음을 암묵적으로 강조하고 있다. 자신이 엄청난 양의 독서로 혁명가적 기질을 갖게 되었으므로 경험과 체험에서 나온 조언이라 할 수 있겠다. 그에게 있어서 책은 쿠바나 남미의 밀림 속에서도 심지어 전장 속에서도 총기 이상의 무기였다. 책이란 무기가 없었다면 그의 사전에 혁명은 없었을 것이다. 책은 혁명의 도구가 될 수 있다.

혁명가의 삶은 목숨을 건 선택을 하는 것이다. 국가의 혁명이 아니더라도 작은 사회와 집단을 바꾸는 데도 불이익을 감수해야 한다. 권력의 속성은 부정이나 모순을 바로 잡는 것이 아니라 기존의 상태를 유지하려는 데 있기 때문이다. 많이 배워야 정의를 올바르게 실천할 수 있다. 체 게바라는 학교가 아닌 혁명이 필요한 농촌과 밀림에서 책을 통해 배우고 정의를 실천했다. 서거 50주년을 기념해 전 세계는 다시 한 번 위대한 혁명가의 삶을 조명하였다. 비록 불가리아에서는 그의 주도적인 혁명이 미완으로 그쳤지만 정의를 위한 그의 불굴의 의지는 세계인의 가슴에 깊이 각인되었다

체 게바라가 생애를 통해 보여주었듯 책 읽기는 혁명이다. 기존의 자아를 변화시키기보다는 새로운 자아로 바꿔주는 자아혁명이다. 책을 읽으면, 서서히 생각과 의식이 변화되고 어느 순간 폭발적인 의식혁명이 되는 것이다. 책을 읽는다는 것은 세상을 읽는 동시에 자신을 읽는 것이기도 하다. 책 속에서 보여주는 지식과 정의, 이상 사회가 현실과는 괴리가 있다는 것을 알게 된다. 또한 자아를 찾아가는 과정과 지극히 자신만을 위한 이기적인 독서에서 서서히 타인의 아픔과 고통을 이해하게 되는 이해력을 키워간다. 독서는 생각하는 사람을 만든다. 생각하는 사람은 사물의 본질을 먼저 알려고 노력한다. 자신도 바로 서기 위해 노력하는 사람이 된다. 진정한 독서는 진리를 찾아가는 과정이며, 독서는 자신도 모르게 혁명가가 되도록 이끈다. 경영전략가이며 『꿀벌과 게릴라』의 저자인 게리 하멜 교수는 독서가 어떻게 혁명이 되는지를 말했다.

책을 읽지 않는 사람은 평생을 똑같은 수준으로 부지런히 꿀벌처럼 일할 수는 있지만 게릴라처럼 갑자기 출세하거나 사업에 성공하지는 못한다. 평소에 책 읽기를 통해 놀라운 지식과 능력, 그리고 자신감을 얻은 자만이 혁명적인 두각을 나타낼 수 있다. 앞으로는 개선 정도로는 안 된다. 그 누구도 상상하지 못할 혁명적인 발상으로 새로운 일을 시작해야 한다는 것이다. 마치 게릴라처럼.

그가 말한 "게릴라처럼 갑자기 출세하거나 사업에 성공한다"는 말은 기회만 엿보고 있다가 어느 날 낚아채 듯 얻을 수 있는 것이 아니다. 지식이 겹겹이 쌓여 머리에서 넘쳐흐를 때 한순간에 폭발하는 빅뱅과 같다. 이것을 우리는 '자기혁명'이라고 말한다. 혁신은 서서히 일어나지만 혁명은 갑자기 다가오는 것이다.

책을 읽는 독자가 시대의 혁명가다. 자신이 사는 시대에 진리를 밝히고 이상사회를 추구하는 혁명가가 될 수 있다. 자아혁명을 위해 부단히 책을 읽자. 책만이 줄 수 있는 혁명적인 지식을 스펀지처럼 빨아들이며 성장해 보자. 삶에서 만족하지 못했던 것을 게걸스럽게 포식하는 과정에서 자아혁명이 찾아온다. 정신의 배고픔이 해결되고 자신의 폭발적인 성장이 이루어지는 상황이다. 그런데 어느 순간 아무리 먹어도 채워지지 않는 순간이 다가온다. 세상은 어제나 오늘이나 다름없지만 자신이 바뀌었기 때문에 완전히 다르게 보인다. 그제야 보이지 않는 유리벽을 발견한다. 세상의 모순, 부조리, 불합리에 대해 깨닫는다. 그 과정을 미국의 사회학자인 버티스

베리는 이렇게 말했다.

내게 독서는 예전이나 지금이나 혁명적인 행위다. 독서는 나의 마
음을 넓혀주며 영혼의 혁명, 정신의 혁명, 사회의 혁명 등에 필요
한 도구들을 제공한다. 독서하고, 배우고, 꿈꿔라.

책을 읽는다는 것은 혁명의 씨앗을 자신의 내면에 심는 과정이다. 혁명에 필요한 도구들은 이미 책을 통해 준비가 됐다. 독자는 그 시대의 혁명가라는 책임감을 가지고 책을 읽어야 한다. 많이 읽었든 적게 읽었든 그것은 그리 중요한 요소가 아니다. 책을 좀 읽는 사람이 열 명 중 하나이고, 제대로 읽어 자신과 세상을 바꿀 수 있는 능력이 있는 독자는 소수에 불과하다.

지식인은 사회의 빛과 소금 역할을 해야 한다. 책을 통해 배운 사람이, 책으로 인류의 지혜를 전수받은 독자가 어리석은 시민에게 베푸는 최고의 선이기 때문이다. 혁명에는 고통과 불이익이 반드시 따른다. 이는 책을 통하여, 체험을 통해서 배운 진리이기도 하다. 하지만 사회의 발전과 사회적 약자들을 위한 전진을 멈춰서는 안 된다. 그렇지 않으면 정의는 장롱 속에 들어가고 불법과 불의가 지배하는 세상이 성큼 다가올 것이다.

악이 승리하는 데 필요한 유일한 방책은 선이 아무것도 하지 않는
것이다. _에드먼드 버크

불의의 승리는 정의가 아무 역할도 하지 않기 때문이다. 알면서도 행동하지 않는 죄는 지식인의 전형적인 범죄가 된다. 독자는 좋든 싫든 그 시대의 혁명가가 돼야 한다. 자아든 사회든 진정한 혁명의 출발은 독서에서 시작된다.

책은 망치다

6 독자의 유일한 준비물은 애정과 열정이다

가끔 동네 뒷산으로 산행을 간다. 동네 야산임에도 불구하고 산에 오르는 사람들의 차림새를 보면 등산화와 기능성 등산복은 기본이고 등산용 장갑·지팡이·배낭까지 중무장 차림이다. 백두산 정도는 올라야 될 것 같은 장비와 고급 등산복을 입고 있다. 어찌나 색감도 다양한지 가을단풍보다 화려하다. 어느 때는 산에 올라가는 기쁨보다 그들의 차림새와 표정을 바라보는 재미가 더 쏠쏠하다. 거의 모든 스포츠가 비슷한 상황이다. 어떤 취미를 갖든지 필수장비부터 챙긴다. 그들의 준비에는 이유가 있다. 잘 하고 싶은 마음. 완벽하게 해내고 싶은 욕구가 작용하는 까닭이다. 무슨 운동을 하든지, 어떤 일을 하든지 준비 없는 시작은 없고 준비를 어떻게 하느냐에 따라 결과도 달라질 거라 믿는다.

그렇다면 독서에는 어떤 준비를 해야 할까? 독서는 준비물에 크게 신경 쓰지 않아도 된다. 또한 장소에 구애도 받지 않는다. 테니스를 칠 때는 테니스장에 가야 하고, 골프를 칠 때는 골프장에 가야만 플레이를 할 수 있다. 수영은 어떤가. 바다나 수영장이 아닌 곳에서 수영을 할 수는 없다. 그러나 책은 펼치는 곳이 독서 장소가 된다. 소파에서도, 침대에서도, 화장실에서도, 달리는 버스 안에서도, 비좁은 전철 안에서도 책을 펼치면 시작할 수 있는 것이 책 읽기다. 시간의 제약도 없다. 새벽에 일어나 읽을 수도 있고, 점심시간에도, 잠깐의 휴식시간에도, 식사를 기다리는 시간에도, 사랑하는 연인을 기다리는 시간에도 짧고 길든 상관없이 책장만 펴면 읽을 수 있다. 스포츠나 즐거움을 위한 거의 모든 놀이나 레포츠는 혼자 할 수 없다. 하지만 독서는 혼자 하는 놀이지만 만나는 사람의 유형이 다양하고 시공간을 초월한 배경에서 마음껏 노닐 수 있다.

책을 읽으려고 할 때 필요한 준비는 딱 한 가지만 하면 된다. 좀 과장해서 표현하면 책을 읽기 전 준비자세가 책 읽기의 성패를 좌우할 만큼 중요하다는 것이다. 책 읽기는 보이지 않는 상상 속의 여정이고 자아를 탐구하는 여행이기에 단단하게 마음먹지 않으면 한순간에 상상은 깨어지고 자아는 혼란 속에서 헤맬 수 있다.

독자의 유일한 준비물은 책에 대한 애정과 열정이다. 애정 없이는 책을 제대로 읽을 수 없다. 책 속 등장인물들은 친근하게 때로는 무섭거나 냉정하게 다가와 밀접하게 관계맺음을 요구한다. 자기 행동의 당위성을 내세우기 위해 여러분을 설득할 것이고 자기 말에 귀 기울여 주기를 원한다. 그들을 향한 애정 없이는 한 페이지도 넘어가기가 힘들다. 그들의 변호인이 되어야 할 때도 있고 그 사건의 판사가 되어야 할 때도 있다.

책은 망치다

어느 날 버스를 타고 가다가 내리는 문 위에 붙어 있는 조그마한 볼록거울을 보았다. 생각해 보니 버스 출입문 위쪽에 달린 볼록거울은 예나 지금이나 변함없이 그곳에 달려 있었다. 버스 안에서 그것을 보는 이는 버스운전사 딱 한 명밖에 없다. 그는 승객의 안전을 위해 볼록거울을 승하차 시마다 확인한 다음 문을 여닫는다. 볼록거울이 승객의 안전을 책임지는 운전사의 두 번째 눈인 셈이다. 버스운전사의 시선이 닿을 때 볼록거울은 존재 가치를 인정받는다. 책도 마찬가지다. 독자의 진심어린 애정은 책 속에 담긴 진풍경의 문을 여는 열쇠이다. 다른 한편으로는 애정 없는 독서는 모래 위에 그림을 그리는 것처럼 의미도 없고 시간만 낭비하는 것이다.

열정은 애정의 자식이다. 애정 없인 열정이 생겨날 수 없다. 책에 대한 애정, 작가에 대한 애정은 없고 단순히 지식만을 위한 노력은 부질없는 헛수고다. 애정과 열정, 즐거움이 없는 독서는 자신의 것으로 만들 수 없을 뿐만 아니라 오래 지속되지도 못한다. 열정은 독서를 시작하는 데 애정과 함께 움직여야 한다. 애정이 책의 내면을 들여다보는 방법이라면, 열정은 내면세계를 휘젓고 다니며 책 속에서 얻을 수 있는 열매를 딸 수 있는 힘이다. 열정은 자신을 성장시키고 인류를 변화시키는 힘이다. 미국의 철학가인 랄프 왈도 에머슨은 열정에 대해 "세계 역사상 위대하고 당당했던 순간들은 모두 열정이 승리했을 때이다"라고 말했다.

책은 특별한 공연장이고, 글자는 쉼 없이 움직이는 배우이다. 책장이 덮여있을 때는 죽은 듯 멈춰 있지만 책장을 넘기는 순간 벌떡 일어나 자신의 운명에 맞게 움직인다. 움직임의 강도는 독자마다 다르다. 별 관심 없이 읽는 독자에겐 어기적거리기도 하고 때론 주연급은 빼고 조연급으로 연기하기도 한다. 하지만 애정을 갖고 읽는 독자에겐 본심을 보여줄 뿐만 아니라 최선을 다해 감동을 줄려고 노력한다. 책에 대한 애정은 사람의 마음 문을 여는 명약일 뿐만 아니라 책속의 진풍경으로 들어가는 열쇠이기도 하다. 헤르만 헤세는 『독서의 기술』에서 책에 대해 이렇게 말했다.

> 책이란 무엇을 위해 존재하는가? 마치 스포츠 뉴스나 강도 살인 사건처럼 한동안 너도 나도 읽어 대화의 소재가 되었다가 이내 잊히기 위해서인가? 아니다. 책은 진지하고 고요히 음미하고 아껴야 할 존재다. 그럴 때에야 비로소 책은 그 내면의 아름다움과 힘을 활짝 열어 보여준다.

애정을 가지고 고요히 음미할 때 비로소 책은 자신의 존재 목적과 능력을 보여준다. 애정 없인 책의 내면으로 들어갈 수 없다. 마음이 가는 곳에 몸도 있다. 애정이 있는 곳에 열정이 따르고 열정이 있는 곳에 열매가 맺는다. 애정 없는 독서는 영혼 없는 책보기이며, 열정 없는 독서는 열매 없는 책보기다. 책을 읽는 힘인 독서력도 애정과 열정에서 나온 끈기라고도 말할 수 있다. 애정은 몰입을 이끈다. 몰입은 책과 독자를 하나로 만들어 이해를 잘하게 할 뿐만 아니라 실천할 수 있도록 만들어준다.

독서의 위대함에 비해 자신이 준비해야 할 것은 단순하다. 애정과 열정뿐이라니. 수천 권의 책을 읽은 독자도 애정이 결여된 독서를 많이 해왔을 것이다. 이런 독서는 책장을 덮는 순간 하얗게 잊어버리게 된다. 애정으로 읽는 책은 종류에 상관없이 감동으로 찾아온다. 감동은 영혼을 성장시키고 삶의 질을 높인다. 애정이 들어간 독서가 되어야 몸에 각인이 되고 생활에 실천할 수 있는 힘의 원천이 된다.

7 흙수저를 금수저로 바꾸는 마법

경기가 안 좋으면서 자주 나오는 말이 수저계급론이다. 누구는 날 때부터 금수저를 물고 나와 호강하며 사는데 반해 자신의 인생은 흙수저 인생이라며 탄식한다. 신은 누구나 피할 수 없는 죽음, 괴로움을 잊을 수 있는 망각, 아무리 고결해도 자신의 배엔 항상 똥을 지니고 다녀야 한다는 사실 등은 모든 인간에게 평등하게 주었다. 그런데 아쉽게도 부모의 선택 결정 시에는 기회 평등의 신이 잠시 볼일을 보러 간 모양이다.

자본주의 사회에서 개인의 노력보다 부모로부터 물려받은 재산이나 지위가 큰 영향력을 발휘하는 것은 사실이다. 갓 결혼한 젊은 신혼부부의 경제력으로는 서울의 변두리 집도 사기 어렵다. 그런에도 불구하고 금수저 부부는 버젓한 집을 장만하고 집들이를 한다. 흙수저들은 적은 월급에 맞벌이까지 하지만 월세에, 은행 이자에, 학비 융자 등 빠져나가는 돈 때문에 미래에 대한 저축은 언감생심이다. 연애도, 결혼도, 출산도 포기한다는 삼포시대라는 말이, 비단 젊은 사람들만의 문제가 아니라 부모의 짐이라는 사실을 생각하면 마음이 무겁기만 하다. 부모의 능력이 곧 자식의 능력으로 대물림되는 세상인 것이다. 부모의 능력이란 대단한 이점으로 영어로 표현하면 Advantage가 된다. 그렇다면 흙수저로 태어난 사람들이 인생을 사는 데 이점을 가질 수 있는 방법은 없을까. 생각해 봐도 딱히 떠오르는 방법이 없다. 그래서 인류의 선각자들은 공평한 기회를 찾기 위해서 노력해 왔다. 그들이 내린 최고의 기회는 '배움'에 있다는 결론이다.

인간이 인간답게 살고 꿈을 이루는 최고의 방법으로 내린 결정이다. 겨우 200여 년 전에 권력자와 기득권층으로부터 가져왔다. 값비싼 희생을 감수하고 얻은 귀중한 기회이다. 배움에는 학교에서 선생님으로부터 받는 교육과 평생교육으로서의 배움이 있다. 교육열이 대단한 한국의 부모들은 체험과 학습을 통해서 진리를 깨달았던 것이다. 공교육이 끝난 사람들은 평생교육으로 자신을 갈고 닦으며 더 나은 미래를 준비한다. 자신이 처한 상황에서 노력을 한다지만 그래도 최고의 배움은 책에서 얻어야 한다.

『자유론』을 쓴 영국의 공리주의자인 존 스튜어트 밀은 평범한 두뇌를 가진 아이였다. 그의 아버지는 평범한 자녀를 천재의 두뇌로 변화시키고 싶었다. 그가 선택한 방법은 인문고전의 바다에 아들을 빠뜨려 인간과 세상의 본질을 깨닫고 스스로 인생의 길을 찾을 수 있는 힘을 만들어주기로 작정하고 플라톤, 아리스토텔레스부터 키

케로, 호메로스에 이르는 인류의 거성들이 쓴 책과 함께 동고동락하는 체험을 시켰다. 그로 인해 존 스튜어트 밀은 당대뿐만 아니라 지금까지도 인류의 지성으로 존경받는 사람이 되었다. 그는 『존 스튜어트 밀 자서전』에서 자신을 이렇게 소개하고 있다.

나는 지적인 영역에서 평균 이하였지 이상은 결코 아니었다. 평범한 지적 능력, 평범한 신체 능력을 가진 사람이라면 누구나 내가 받았던 고전 독서 교육을 성공적으로 해낼 수 있다. 우리 아버지는 세상의 어떤 아버지도 기울이지 못할 정도의 노력과 주의와 인내를 나에게 쏟았다. 나는 아버지로부터 받은 고전 독서교육 덕분에 내 또래들보다 25년 이상 빨리 출발할 수 있었다.

물리적인 태어남은 같았을지라도 부모의 영향력에 의해 성인이 되어 자신의 능력을 발휘할 때는 전혀 다른 출발선에 설 수 있었다. 존 스튜어트의 아버지가 선택한 독서법은 탁월했다.

책을 읽는 사람의 출발점은 책을 안 읽는 사람들보다 50m 전방에 서있다고 할 수 있다. 하지만 이렇게 책이 주는 유익함과 자신에게 끼치는 깨달음을 알면서도 막상 독서하는 인구가 많지 않다는 사실이 안타깝다. 통계청 조사에 따르면 우리나라에서 독서하는 인구는 54%라고 한다. 더 나아가 한 달에 1권씩 일 년에 12권을 읽는 사람은 10%밖에 안 된다. 만약 하루에 1권씩 읽어 일 년에 365권을 읽는다면 바둑 9단처럼 독서의 신이 되지 않겠는가. 바둑의 신이 바둑의 모든 길을 아는 것처럼 독서의 신은 삶의 본질과 세상의 이치를 정확히 꿰뚫는 통찰력을 가진 사람이 될 것이다. 간접경험으로 정신이 단련되었기 때문에 무엇을 하든 그의 앞길은 탄탄대로가 될 것이다. 독서는 좋은 위치를 선점하는 것이다. 혹시 책을 읽고 아무런 변화나 느낌이 없는 사람은 이 책을 처음부터 다시 정독하기를 바란다.

책 읽는 사람의 50m 가산점은 우리의 일상에서 효력을 나타낸다. 학교에서, 직장에서, 인생에서 실력이나 능력을 인정받기 쉽다. 하지만 직장에서 극소수의 사람만이 독서의 힘을 이용하는 것은 안타까운 일이다. 성인이 되면 책을 읽을 시간도 없고 거의 완성된 인생에 책은 그다지 큰 도움이 되지 않는다고 치부한다. 그래서 책을 읽기보다 사람을 만나고 순간적인 쾌락만을 좇고 사람들과 맺은 유대관계 속에서 알량한 위로를 받으며 살아가고자 하는 어리석은 우를 범한다. 이 시점에서 "이봐! 해봤어?"라는 현대그룹 창업주 고 정주영 회장의 촌철살인을 들려주고 싶다. 해보지도 않고 다 아는 것처럼 이야기하는 여러분을 위해 "이봐! 읽어 봤어?"라는 말로 바꿔서 말해 주고 싶다.

지금 당장 서점으로 가서 자기 관련 분야 10권의 책을 사와서 정독해 보길 바란다. 이 정도면 웬만한 직장에선 직무능력이 뛰어난 사람으로 인정받을 수 있는 양이다. 자신의 분야에서 전문가를 꿈꾼다면 50여 권이며 족하다. 혹시 그 이상을 바란다면 150권 정도를 읽어라. 한 분야의 박사가 될 뿐만 아니라 작가로서도 인정받을 테니까.

공자는 『논어』에서 40세를 불혹이라고 했다. 어느 조건에서도 유혹되지 않는다는 말로 세상일에 정신을 빼앗겨 이리저리 흔들리지 않는다는 뜻이다. 40대 이전에 세상의 온갖 고난을 다 겪어 더 이상 방황하지 않는 나이라는 것이다. 삶의 지혜는 경험을 필요로 한다. 그것도 수십 년의 산전수전을 겪어야 인생을 제대로 알 수 있다는 얘기다. 책은 이런 값비싼 경험이 무한히 제공되는 유일한 곳이다. 대신 어떤 대가도 요구하지 않는 착한 심성까지 가지고 있다. 게다가 책이 주는 지혜는 엄청나다. 한 권의 책으로 인생을 바꾼 여러 사례에서 볼 수 있듯이 경험하지 못한 사람은 알 수 없는 세계이다. 책은 그렇게 힘이 되어 준다. 자신의 노력 여하에 따라 금수저를 물고 태어나 부모 덕을 입은 사람의 이점을 상쇄하고도 남음이 있다.

독서는 기회의 평등을 넘어서 특권이 시작되는 출발점이다. 금수저를 부러워하기보다 자신만의 금수저를 가질 수 있도록 책을 읽자. 인간의 의지만 있으면 가능한 독서로부터 흙수저를 금수저를 바꾸는 마법을 부려보자. 무슨 일이든 어느 영역이든 시작은 있다. 이제부터라도 독서를 통해 50m 가산점을 받고 출발하자. 여러분이 어디서든 당당하게 빛을 낼 수 있는 것은 아는 힘에서 나온다. 책 외엔 답이 없다.

8 내 인생을 편집하다

삶은 가지각색의 물감으로 만들어진 색동옷과 같다. 어느 색으로 배색하느냐에 따라 완성도가 달라진다. 또한 어느 간격으로 편집하느냐에 따라 만들어내는 디자인도 달라진다. 우리의 삶도 마찬가지 같다. 자기에게 주어진 시간과 인연을 어떻게 배색하고 어느 정도 간격을 유지하는지에 따라 사는 삶의 방향과 결과가 달라진다. 사람들과의 만남에서 덜 중요한 이들과의 시간은 편집하고, 소중한 순간이 연결되도록 의미 없이 방황하는 시간도 잘 편집해야 한다. 자신의 성찰과 성장을 위한 책 읽기를 위해 바쁜 일상을 쪼개야 하는 편집도 필요하다. 좋은 영화를 만들기 위해 수없는 커팅과 편집이 필요한 것처럼 우리의 인생도 잘 편집하면 행복한 삶을 살 수 있다. 책을 읽고 배운 대로 실천하며 성공한 사람들이 그 예를 보여주고 있다. 그들은 책을 통해 편집하는 방법을 깨달았고 삶에 적용을 잘한 사람들이란 결론이 나온다. 정말 그렇다. 책을 잘 읽으면 간접 경험을 통한 지혜로 시간과 비용을 줄이며 기쁨과 행복을 늘이는 편집을 잘하게 된다.

한 권의 책을 쓰는 것은 저자의 모든 지식과 역량을 모아야 하는 일이다. 자신이 가졌던 기존의 지식과 다른 책에서 습득한 지식이 결합하고 화학반응을 일으켜 새로운 지식이 탄생하는 과정으로 만들어진다.

수소와 산소의 결합인 물이 차가운 공기를 만나 얼음으로 새롭게 탄생하지만 얼음의 근본 성질은 물과 동일하다. 이처럼 새로운 책도 무에서 유가 탄생하는 것이 아니라 기존 지식에 저자의 또 다른 시각을 얹혀 새로운 생각이나 문장을 만드는 과정이다. 한 편씩 모아진 글은 출판사에 보내 책으로써 기능을 잘 발휘할 수 있도록 가공하는 편집 과정을 거친다. 편집을 어떻게 하느냐에 따라 독자에게 어필하는 정도도 달라지고 울림을 줄 수 있는 크기도 달라진다.

책을 읽으면서 우리는 생각을 하게 되고 상황에 맞게 판단하는 과정을 거친다. 특별히 중요하다고 생각되는 곳에는 빨간색 펜으로 밑줄을 긋기도 하고 메모 스티커로 그에 대한 단상을 적기도 한다. 저자와 공감했거나 반대했던 이유를 적을 수도 있고 갑자기 떠오른 아이디어를 메모할 수도 있다. 이런 독서는 적극적이고 생산적인 독서라 할 수 있다. 독서가 끝나면 이제 그 책은 기존의 책이 아니다. 기존 인쇄된 책에 독자의 지식을 더하여 새롭게 태어난 책이니 독자 자신의 책이거나 저자와 자신이 공동저자가 되는 것이다. 다시 말해 책을 읽는다는 것은 또 다른 책을 자기 가슴에 쓰는 행위이다. 책에서 습득한 지식과 자신의 경험이 편집되어 새롭게 탄생하는 과정이다. 읽기를 마친 책 속에 있는 글의 의미는 더 이상 고정되어 있을 수 없다. 책을 읽는 독자가 새롭게 의미를 부여하는 것이며 새로운 책으로 창조된 것이다. 즉 자기만의 책으로 편집되었음을 의미한다. 그래서 독자는 편집자인 동시에 저자가 될 수 있다.

편집을 잘하면 좋은 책이 나온다. 그것은 좋은 작가가 된다는 말이며, 좋은 인생 편집으로 이어지는 선순환이 있다. 그래서 책을 읽는 사람은 먼저 좋은 독자가 되어야 한다. 앞에서도 강조했듯이 좋은 독자가 좋은 작가가 되는 것이다. 실제로 작가가 되기 위한 방법들도 이와 유사하다. 먼저 좋은 글에 밑줄을 긋는 행위의 진화된 단계로 필사를 한다.

좋은 책을 베껴 쓰기 하면 저자의 생각과 유려한 문장들이 몸에 체득된다. 그리고 간단히 메모한 단상을 좀 더 크게 보면 논평의 형식이 되는데 자주 쓰게 되면 글쓰기가 빠르게 성장한다. 책 쓰기를 잘하려면 필사를 많이 하고, 좋은 발췌문을 적절하게 응용하고 논평이나 글쓰기를 자주하는 것이 필요하다.

독자는 어떤 책이든 편집할 수 있어야 한다. 작가는 한 사람을 위해 글을 쓰지 않는다. 다수의 고민과 문제를 쓰고 이야기한다. 일대일 상담일지가 아니기 때문이다. 독자는 그 책에서 주는 것을 자기 상황에 맞게 자르고 붙여 자기만의 편집본을 갖고 있어야 한다. 편집을 거듭할수록 자기 삶이 윤택해지고 한 편의 작품이 된다.

"모든 독자는 자기가 읽는 책의 저자다"라는 말은 책을 읽는 동안 치열한 전투가 내부에서 일어나야 함을 의미한다. 전투는 살아야 한다는 신념이 있어야 이긴다. 책 속에서의 전투 또한 마찬가지로 배우겠다는 열정과 노력이 필요하다. 독자는 또 다른 책을 만들어낸다는 자세로 책을 읽어야 한다.

9 작가의 유산을
온몸으로 받는 법

　　생각만으로도 온몸에 전율을 주는 고전문학 작품이 있다. 내게는 찰스 디킨스의 『위대한 유산』이 그것이다. 이 책은 인간의 본성과 욕망을 시시각각으로 정밀하게 묘사했으며 인간과 삶의 본질을 정확히 꿰뚫어보는 통찰력으로 서사를 이끌고, 대사를 치고, 심리변화를 포착한다. 세대와 성별, 지역과 인종에 관계없이 공감하는 작품인데 문학계 거장 레프 톨스토이조차도 가장 좋아하는 작가와 작품으로 뽑았다고 한다.

　　불우한 환경에 적응해 살던 주인공 핍이, 해비셤 부인과 그의 양녀 에스텔러를 통해 귀족 생활을 동경하게 된다. 마침 죄수 매그위치와의 인연으로 막대한 유산을 물려받기로 하고 신사 예절을 배우는 도중에 예기치 않은 매그위치의 죽음으로 모든 것이 물거품이 된다. 그 과정 속에서 핍은 자신이 잃어버린 가치와 삶의 본질을 되찾는다.

　　많은 독자들이 이야기의 후반까지 막대한 재산의 상속을 예견했을 것이다. 하지만 찰스 디킨스가 이 책을 통해 말하고 싶은 '위대한 유산'은 물질을 의미하는 것이 아니었다. 순진하고 아가페적인 사랑을 핍에게 퍼주었던 매형, 조를 통해 진정한 삶의 의미와 가치들이 무엇인지 알려주고 싶었던 것이다. 자신의 누나에게 심한 핍박을 당하면서도 묵묵히 자신의 위치에서 최선을 다하는 성실함과 부족하면서도 자신의 온기를 전해주는 매형 조의 사랑이 진정한 위대한 유산임을 알게 해준다. 영화처럼 박진감 넘치거나 장엄한 장면은 아니지만 인간의 미세한 심적 갈등의 연속만으로도 900페이지에 달하는 장편소설을 쉬지 않고 읽도록 만드는 찰스 디킨스의 위대함을 엿볼 수 있는 작품이다.

작가의 진정한 유산 상속인은 독자다. 작가와 독자는 생면부지의 사이일 텐데 어떻게 이런 공식이 성립될 수 있을까. 상속인이라 하면 자식 같은 혈족이나 특별한 연을 이어온 사람이다. 하지만 어떻게 보면 작가와 독자는 판매자와 구매자, 고매한 말로 하면 스승과 제자 사이 관계 정도일 뿐인데도 작가의 상속인이 독자라는 것에 의아할 것이다. 이에 대해 유시민 작가는 이렇게 명쾌하게 답변한다.

나의 정신은 문명사의 이정표를 세웠던 위대한 지성인들과 책을 통해 이어져 있다. 나는 그들 모두에게 살아 있는 문화유전자를 상속받았다. 그들이 했던 고민과 사색은 많든 적든 내 것이기도 하다.

작가와 강연가로서의 그의 삶에서, 문화유전자는 그가 받을 수 있는 최고의 유산이었다. 성공을 위한 방법으로 독서보다 더 좋은 방법을 찾을 수 없다고 말하는 워런 버핏도 "철학적 사고를 통해 얻은 이론을 현장에 적용한 결과 나는 주가가 오를 때나 내릴 때나 언제든지 돈을 벌 수 있었다. 철학적 사고를 통해 얻은 이론을 금융시장에 적용하기 시작하면서부터 나는 거대한 이익을 얻을 수 있었다"라고 했다. 이것은 책을 읽다 보면 세상의 이치를 꿰뚫어보는 작가의 통찰력이 깃든 유전자를 상속받았음을 의미한다.

작가의 유산은 재물이나 외모 등 정형화된 몇 가지의 일방적인 상속이 아니라 작가가 그의 삶을 통째로 내놓은 것이다. 이를 상속인인 독자가 원하는 어떤 것이든 물려받을 수 있도록 조건도 걸지 않는다. 지혜로운 삶을 원하는 독자에게는 랍비의 유전자를, 풍요로운 물질을 추구하는 독자에겐 경제유전자를, 권력을 원하는 독자에겐 정치유전자를, 그리고 마음의 평안과 기쁨을 원하는 독자에게는 행복유전자를 준다. 작가의 유산은 모든 인류에게 나눠주고도 남을 만큼 넉넉하다. 서로 많이 가져가려고 다투지 않아도 되고 장자가 많이 받아야 하는 원칙도 없다. 책을 읽고 더 많이 교감을 나누는 독자일수록 상속 지분은 점점 커진다.

얼마 전 신문에서 "자신이 쓴 책 속에 16억의 유산을 숨긴 작가"라는 제목으로 횡재를 한 소년의 이야기를 읽었다. 1922년 이탈리아에서 가난하게 학업을 이어가던 소년 파울로는 학비를 벌기 위해서 추천서를 가지고 로마의 한 도서관을 찾아갔다. 마침 관장이 자리를 비운 사이어서, 소년은 도서관을 둘러보다가 흥미가 가는 책 한 권을 발견한다. 오래도록 관장이 돌아오지 않자 그는 내일 다시 오기로 마음먹고 읽던 책을 마저 읽어 나간다. 책의 마지막 두 번째 페이지에 이르렀을 때 빨간 잉크로 쓰여 진 한 줄의 메모를 발견한다.

"이 책을 읽을 누군가에게 저자가 : 로마의 상속법원으로 가서 LJ14675 문서를 청구하시오. 당신에게 생각지도 못한 행운을 줄 것이오. 경애하는 E.F."

대수롭지 않게 생각하면서도 혹시나 하는 마음으로 법원에 들러 해당 문서를 요청했다. 그런데 정말로 LJ14675라는 번호가 붙은 봉투를 받게 됐다. 봉투에는 '당신이 읽은 『동물학』 책의 저자'라는 제목의 자필 편지가 들어 있었다. 편지에 따르면, 해당 책은 저자가 평생 심혈을 기울여 쓴 책이었으나 출판된 후 아무도 이 책을 읽지 않았고, 저자의 주변 사람들 역시 칭찬만 늘어놓았을 뿐 실제로 책을 읽어본 이는 단 한 명도 없었다고 한다. 크게 낙담한 저자는 출판된 책을 모두 수거해 불태웠으며 한 권만 남겨 도서관에 기증했는데, 소년이 읽은 책이 바로 그 책이었다. 편지에서 책의 저자는 "지금까지 내가 쓴 책을 다 읽어본 사람은 당신뿐일 것"이라며 "그 답례로 내 재산을 모두 당신께 주고 싶다"고 밝혔다. 소년은 저자의 뜻에 따라 법원에 유산 승계를 신청했고, 1926년 5월 로마 대법원은 한화 약 16억 원 상당의 유산을 소년에게 주라는 판결을 내렸다. 저자의 유산을 받은 소년은 학업을 계속할 수 있었던 것은 물론 부유한 삶까지 누릴 수 있었다.

에밀레 파브리에의 심정을 이해할 수 있을 것 같다. 평생 동안 열정과 자신의 영혼을 담아 쓴 책이 누구에게도 사랑받지 못한다는 것은 작가로서 가장 뼈아픈 경험일 것이다. 그는 진실로 독자와 대화하길 원했을 것이며 그 속에서 자신의 모든 것을 보여주길 간절히 소망했을 것이다. 작가의 영혼은 육체에 있는 것이 아니라 심혈을 기울여 쓴 책에 있는 것이란 걸 의미하는 부분이다. 이에 미국의 사상가인 J. 에디슨도 책이 천재들의 유산이라고 말했다.

책은 위대한 천재가 인류에게 남겨주는 유산이며, 아직 태어나지 않은 자손에게 주는 선물로서 한 세대에서 다른 세대로 전달된다.

작가의 본질은 책을 쓰는 것에 있는 것이 아니라 책을 읽고 세상을 이해하도록 돕는 데에 있다. 작가에게 있어 사용하는 시간을 비율로 따져도 독서시간이 글 쓰는 시간을 압도한다. 그들의 통찰의 힘은 독서와 사색을 통해서 온다. 쓰고자 하는 분야의 최고 전문가와 성공한 사람을 책상 위에 올려놓고 현미경으로 면밀히 관찰하는 사람들이다. 요람에서 무덤까지의 인생 여정, 인생의 전환점, 불굴의 의지, 성공 요인 등. 이것들뿐만 아니라 추악한 본성, 연약한 의지, 실패의 이유 등을 수많은 자료와 현장조사를 통해 얻은 지식과 작가의 통찰력이 합해져 탄생하는 것이 책이다. 그러므로 책은 지혜의 보고가 될 수밖에 없으며 작가의 힘은 위대하다 할 수 있다. 세상에 존재하지 않는 분야의 책은 없다. 다만 책의 질이 다르듯이 작가의 능력에는 차이가 있을 뿐이다. 좋은 책의 양서란 위대한 작가의 글이란 뜻이다.

위대한 작가들의 유산 상속은 좋은 독자에게 온전히 돌아간다. 건성으로 읽는 독자는 딱 그만큼만 유산을 상속받는다. 정성을 들이고 온몸으로 읽어야 자신의 위대한 유산이 된다. 그 부와 명예를 상속받을 수 있는 영광은 독자의 특권이다.

책은 망치다

10 지극히
능동적인 독서

한나 아렌트의 『예루살렘의 아이히만』은 나치 전범 아이히만의 재판에 대한 그녀의 단상을 모아 악의 평범성을 이야기하는 책이다. 아돌프 아이히만은 평범하게 성장하고 악한 성품이 거의 없는 사람이었다. 그런 그가 어떻게 유대인 학살의 주범이 될 수 있었는가를 추적하고 심도 깊은 평가를 내린 작품이다.

한나 아렌트가 본 그의 삶은 출세에 대한 야심은 있지만 스스로 무언가를 책임지고 이뤄낸 일은 없고 목표를 위해 윗사람에게 맹목적인 충성을 다한다는 잘못된 신념만 있는 인물이었다. 야심에 눈이 멀어 그는 타인의 삶을 돌아볼 여유가 없었으며 자신의 목적을 위해 한 행동으로 수백 만 명의 목숨을 빼앗았다. 국가와 히틀러의 지시만을 따랐을 뿐 그 이상도 이하도 아니라는 것이 그의 궁색한 변명이었다. 어처구니없는 자기변호이다. 한나 아렌트는 현대의 대표적 정치 철학자답게 독자에게 아이히만의 행동을 판결하게 한다. 또한 악은 잔인하고 극악무도하게 타고난 것이 아니고 지극히 평범한 우리에게서도 나타날 수 있다고 이야기한다. 바로 '악의 평범성'. 즉, 우리가 개념 없이 목적을 위해 살다 보면 누구도 예외가 될 수 없다는 경종을 울려주는 것이다. 또한 되짚어 생각해 볼수록 인생을 살아감에 있어 옳은 판단의 중요성을 보여주고 있다.

이처럼 한 권의 책을 읽는다는 것은 한 사람의 인생을 읽는 것이고 또한 한 시대를 읽는 것이 될 수 있다. 시시각각 변해가는 상황 속에서 인생과 시대의 변화를 읽게 된다. 여기에서 독자는 고개를 끄덕이는 대신에 자신을 책 속에 밀어 넣고 상황 판단을 해보는 습관을 가져야 한다. 이것이 책에서 주는 진정한 간접 체험이다. 판단은 곧 성장이다. 책을 읽을수록 판단도 늘어가고 자아 성찰도 이루어진다. 책을 통해 얻고자 하는 인생의 통찰력을 키우는 데 밑바탕이 된다. 판단력은 날 때부터 타고나는 것이 아니라 후천적으로 길러지는 능력이다. 직접 체험을 통해서 길러지기도 하지만 무엇보다 책 속의 수많은 간접 경험을 통해 얻을 수 있는 가치다.

책에는 한 주제나 인물에 대해 다양한 견해들이 있다. 이런 이유로 독서 모임에서 같은 책을 읽었음에도 불구하고 의견은 제각각이다. 어느 땐 자신이 책을 잘못 읽지 않았나 하는 의구심이 들 때가 있다. 그럴 때일수록 당당하게 정리하고 판단할 수 있어야 한다. 하나의 예로 2차 세계대전을 일으키고 아우슈비츠 강제 수용소를 만들어 수백 만 명의 유대인을 학살한 히틀러에 대한 평가도 다양하다. 그를 잔인하고 악마의 유전자를 가지고 태어난 사람이라고 말하기도 하고, 감정이 풍부한 문학 소년이고 미술에도 뛰어난 예술가였다고도 평가한다.

　책을 읽는다는 것은 단순히 내용과 인물들을 평가하는 데만 있는 것이 아니다. 히틀러의 잔인성이 어디서 왔는지, 주변의 환경은 어땠는지, 그의 폭력성을 말릴 수 있는 상황은 못 되었는지 등을 종합적으로 생각하고 판단하는 것이다. 그의 잔인성은 이미 증명되었기에 굳이 모두가 아는 사실에 중점을 둬서 읽을 필요는 없다.

　책에 대한 최후의 판단은 독자의 몫이다. 책의 선택부터 내용 이해, 작가에 대한 판단 그리고 책 속에서 함께 활동하고 판단하는 모든 것을 내포한다. 세상을 보는 지혜는 수많은 경험의 축적 속에서 나온다. 우리의 인생은 선택의 연속이고 선택은 우리 삶을 만든다. 인생에선 물림은 없고 값비싼 희생만을 요구한다. 인생은 홀로서기다. 최후 판단도 자신이 해야 하고 책임도 자신이 지는 홀로서기다. 그러니 맘껏 책 속에서 경험을 쌓아 실전에 사용해 보자.

　다만, 읽으면서 찰나적으로 필요한 판단과 전체 내용을 읽고 난 뒤의 최종판단이 있을 수 있다. 순간적으로 필요한 판단은 자신의 삶에 대입할 수 있는지와 자신의 생각과 행동에 견주어 필요한 것이 무언지를 판단하는 일이다. 그리고 책을 다 읽은 후엔 상상력과 통찰력을 발휘해 내용의 진실성, 논리성, 응용 가능성 등을 총체적으로 판단한다. 독자의 끊임없는 판단은 능동적인 독서를 의미하며 생산성을 중시하는 시대에 부합하는 좋은 방법이다. 책과의 계속적인 대화는 집중력과 독서력을 키워 책을 잘 읽게 도와주기도 한다. 책의 내용에 대한 판단에서 염두에 둬야 할 것은 서평가나 다른 독자의 사탕발림 말이나 비평에 흔들리지 말고 당당하게 판단해야 한다는 것이다. 책에 대한 판단은 각자마다 다를 수밖에 없다. 독서력이 있는 사람과 그렇지 못한 사람, 저마다 살아온 환경이 다르기 때문이다. 무엇보다 중요한 것은 최후의 판단은 그 책을 읽는 독자의 몫이다. 어떻게 판단하든 독자의 특권이기도 하다. 경험이 쌓일수록 좋은 판단을 내리는 것처럼 책을 많이 읽을수록 훌륭한 판단과 선택을 할 수 있다.

책에 대한 선택은 독서 습관이 정착할 때까지 방황의 연속이다. 책을 선택하는 방향을 보면 요즘 뜨는 베스트셀러를 읽을 것인지, 지인들이 추천해준 책을 읽어야 하는지, 아니면 자신이 지금 읽고 싶은 책을 선택해야 하는지 갈피를 잡기 어렵다. 선택의 길목에서 독서로 가는 길을 포기하기도 한다. 다음에 사자, 다음에 읽자, 다음에 보자. 그리고는 돌아서며 책 읽기는 무척 어려운 행위라고 생각한다. 시작이 어려우니 다음을 기약할 수 없게 됐다. 여러분도 비슷한 경험을 많이 했을 것이다. 내가 추천하는 방법은 그냥 자신이 읽고 싶은 책을 고르라는 것이다.

자기가 읽고 싶은 책에 대한 확신이 서지 않는다면 작가 프로필을 보면 좋다. 작가의 삶을 간단하게나마 알 수 있고 어떤 철학이 있는 삶을 살고 있는지 알 수 있다. 자신과 관심 분야가 같다면 그 책을 사기에 망설일 이유가 없다. 또한 작가에 대한 판단은 서문에 있는 글과 본문 내용과의 일치, 책을 쓴 목적과 동기 등을 비교하여 판단할 수 있다. 작가의 마음속을 풀어헤치고 들어가 책을 읽으면 이해가 훨씬 빠르기 때문이다. 작가를 판단하는 것은 비판을 위한 것이 되어서는 안 된다. 그렇다고 값싼 동정심이나 존경심만으로 판단하는 일은 자아성장과 통찰력 향상을 위한 노력에도 도움이 안 된다. 블라인드 테스트처럼 브랜드나 외형을 감추고 맛으로만 승부하는 것처럼 해야 한다. 작가의 본 모습을 제대로 이해할 때 자신도 성장하는 기쁨을 맛볼 수 있다.

책을 읽는다는 것은 수많은 판단을 필요로 하는 능동적인 작업이다. 속독으로 대충 훑어보기를 하는 게 좋은지, 전체적으로 죽 훑어보는 통독으로 할 건지, 아니면 부분적으로 중요한 곳만을 깊이 있게 읽는 정독으로 해야 하는지 판단해야 한다. 책마다 똑같은 속도의 읽기는 지루하게 할 수도 있고 책과 거리감이 생기게 할 수도 있다. 책마다 지닌 가치를 생각해서 읽기 속도를 다르게 하면 리듬감을 유지하며 책 읽기가 즐거워질 수 있다.

프랑스의 실존주의 철학자 장 폴 사르트르는 "인생은 B(birth)와 D(death) 사이의 C(choice)다"라고 했다. 이 말은 삶의 매순간마다 선택을 해야 하며 그 선택에 따라 자신의 삶이 결정된다는 의미다. 선택이 너무나 중요한 까닭은 하나를 선택하면 그 나머지는 모두 버려야 하기 때문이다. 나머지에 딸린 기회나 운명도 함께 사라지기 때문에 선택은 최선의 선택이어야 한다. 최선의 선택은 모든 상황들을 고려해 잘 판단하는 것이다.

11 읽는 사람의 목적과 태도

오사카에 가면 '고양이 빌딩'이라는 곳이 있다. 건물 외벽에 까만 고양이얼굴이 그려져 있는 이곳은 일본 최고의 지성인 다치바나 다카시의 개인 서재이다. 이곳에는 20만 권이 넘는 장서를 보유하고 있는데 모두 그가 산 책이고 읽은 책이라고 한다. 물리, 생물, 역사, 철학 등 분야도 다양해서 도서관이라고 해도 전혀 미흡함이 없는 공간이다.

그는 『나는 이런 책을 읽어 왔다』를 써서 자기가 읽은 책들을 소개하기도 하는데 그 책을 읽어보면 그가 얼마나 책에 애정이 있는지 알 수 있다. 그런 그에게 독서에 관한 독특한 철학이 있다고 한다. 한 대담자가 '독자에게 권하는 책 베스트 5'를 추천해 달라고 하자 다치바나 다카시는 이렇게 말했다고 한다.

그 부탁은 거절하고 싶습니다. 제가 젊었을 때 누군가가 추천해준
책을 읽고 기뻤던 기억이 없기 때문입니다. 결국 책과의 만남은

자기 스스로 만드는 수밖에 없습니다. 진정으로 책을 좋아하는 사람은 스스로 찾을 수 있기 때문입니다.

듣는 사람에 따라서 그의 대답이 불쾌할 수도 있겠으나 그의 경험에서 비롯된 말이니 딱히 반박하기 어렵다. 그는 더 이상 소설이나 문학을 읽지 않는다고 한다. 이유는 따로 없고 논픽션이 픽션보다 훨씬 더 재미있다는 사실을 안 이후에는 소설을 거의 보지 않는다는 것이다. 통찰력이 높은 노작가의 실용서 예찬이라 다소 당황스럽기도 하다. 물론 실용서는 현실에 부딪혀 보면 바로 사용할 수 있어 대단히 실용적이며 힘이 되는 분야이다. 하지만 우리는 학교 교육과 어른들, 주위의 성공한 사람들의 입을 통해 고전 인문학이 주는 힘에 대해 들어왔다. 그런 문학을 읽었다는 것 자체가 교양 있는 사람이라고 증명하기도 하며 개인의 정신적 성장에 기여하고 있음은 간과할 수 없다. 물론 문학만이 질문이나 사색과 직접적인 인과 관계를 가지는 것은 아니다.

한 권의 책이 지니는 가치가 궁금할 때가 있다. 만약 누가 나에게 한 권의 책을 주면서 그 책의 가치를 말하라고 하면 어떻게 대답해야 할까. 명작이니까 가치가 높다고, 아니면 위대한 작가의 작품이니까 그 가치까지 높다고 해야 할까. 가치가 높다는 것은 좋은 책을 의미하는데 좋은 책은 무엇을 의미할까. 가치의 기준은 책의 무엇으로 또는 어떤 점으로 책정할 수 있을까. 그 어느 것도 단순히 비교하거나 평가할 수는 없다.

책마다 위대한 작가들의 영혼이 들어 있다. 그들은 자신을 보는 사람들이 자신의 영혼을 깨워주기를 희망하며 각양각색의 화려한 표지의 옷을 입고 눈길을 사로잡으려 노력한다. 간절한 바람은 부활을 의미한다. 사람이 영원한 생명을 원하듯 작가도 예외는 아니다. 책을 통해 끊임없이 부활하고 싶은 것이다.

책을 읽는 순간 작가의 영혼은 독자의 몸과 마음을 지배한다. 위대한 영혼의 생각은 독자의 좁고 어리석은 기존의 자아를 밀어내고 주인이 되는 과정을 거친다. 이제 독자는 예전의 자신이 아니고 새롭게 탄생한 것이다. 자신의 생각과 행동은 위대한 영혼의 삶과 태도에 따라서 움직이는 새로운 피조물이 된 것이다. 새롭게 태어난 것일 뿐만 아니라 작가 또한 부활하여 독자와 함께 살아가고 있는 것이다. 이처럼 책을 읽는다는 것은 책에 생명을 불어넣는 행위다. 진흙에 생기를 불어넣어 인간을 만든 창조주처럼 독자의 호흡은 책에 생명을 불어넣는 부활의 마법이다. 프랑스의 작가 미셸 투르니에는 그 과정을 이렇게 설명했다.

작가가 써서 출판한 한 권의 책이란 이렇게 가볍고 피가 없는 한 마리 새에 불과합니다. 생명이 없는 자는 생명의 피를 애타게 그리워하게 되어 있어요. 이 핏기 없는 한 마리의 새, 반쯤만 존재하는 새. 즉 한 권의 책이 살아서 날 수 있게 되려면 바로 이 가벼운 새가 독자의 심장에 내려앉아 그의 피와 영혼을 빨아들여야 합니다. 그 과정이 바로 독서라는 것이지요.

그의 말대로 읽히지 않는 책은 생명의 피를 간절히 원한다. 부활의 피를 줄 수 있는 사람은 오직 독자뿐이다. 독자의 선택을 받지 못해 읽히지 못하는 책은 영원히 죽은 책이 된다. 책에 생명을 불어넣는 독자에게는 위대한 작가의 영혼이 깃들게 된다. 작가의 능력이 곧 독자의 힘으로 돌아온다. 독자의 목적에 따라 어떤 능력도 성취할 수 있다. 정치권력을 원한다면 『대망, 도쿠가와 이에야스』나 『젊은 스탈린』에 생명을 불어넣고 주인이 되면 된다. 경제력을 얻고 싶다면 톰 피터스의 경영서나 장사에 대한 노하우가 담긴 책에 생명의 온기를 주면 된다. 어떤 분야이건 책에 생명의 피를 전달하면 우리는 에너지를 충전하듯 활력을 얻을 수 있다. 책에 생명을 불어넣는다는 것은 독자가 책의 창조주가 된다는 의미이다. 창조주는 만들어진 모든 것의 주인이 될 수 있는 것처럼 읽은 책의 내용이나 작가의 능력이 모두 독자의 영향력 아래 있게 된다. 자신을 지배할 수 있고, 사회의 리더가 될 수 있는 능력이 되고 세상을 지배할 수 있는 권력을 가질 수도 있다. 프랑스의 계몽사상가인 볼테르는 세상은 책에 의해서 움직인다고 말했다.

당신은 책이라는 것을 좋아하지 않을지도 모른다. 그런 당신은 분명히 생활 가운데 부질없는 야심과 쾌락의 추구에만 열중하고 있을 것이다. 그러나 세상은 당신이 생각하는 것보다 훨씬 광범위한데, 그 세계가 책에 의해 움직이고 있다는 것을 알아야 한다.

책을 많이 읽는 부류 중에는 좋아하는 분야가 명확한 사람들이 있다. 특히 자기계발서에 대한 확고한 믿음을 가진 쪽과 고전 명작만을 최고의 가치임을 주장하는 부류가 있다. 실용서답게 자기계발서는 삶의 방향뿐만 아니라 정답을 알려주며 행동의 중요성을 역설한다. 그에 비해 고전이나 인문학은 인간의 본성, 삶의 본질 그리고 세상의 이치 등에 대한 물음과 사색의 기회를 통해 <u>스스로</u> 알아가는 지혜를 주는 책이다. 자기계발서와는 달리 해답은 없고 물음표만 가득하다.

자기계발서와 고전 인문학 책의 가치는 책에 있는 것이 아니라 읽는 사람의 목적과 태도에 있다. 결국 좋은 책이란 자신에게 맞는 책이다. 읽을 책을 고를 때도 가장 염두에 둬야 할 것은 자신이 읽는 목적을 분명히 알고 맞는 책을 선택해야 즐겁게 읽을 수 있고 얻을 수 있는 게 많다는 사실이다.

자기계발서는 직접적인 행동 지침을 주는 책이다. 작가에 따라 다르지만 깊이 있는 자기계발서는 고전만큼이나 심오한 삶의 가치와 방법을 가르쳐줄 때도 있다. 반면 고전을 많이 본 독자는 책 속에서 즉각적인 답을 찾지는 못하지만 삶 속에 신념이 있다. 이와 같은 차이는 책을 대하는 목적이 다르기 때문이다. 당장 사용가능한 실용서를 원하는 사람과 책 읽기 자체에 대한 즐거움, 삶의 본질과 세상의 원리를 알고자 하는 지적 탐구를 갈망하는 사람의 차이라고 하겠다.

분명한 건 적절한 비율로 함께 독서해야 한다. 실용서와 고전 인문학은 책의 양대 산맥이다. 한 가지라도 부족하면 절름발이가 되고

책은 망치다

만다. 자기계발서의 표피적인 신념만으론 진정한 삶의 가치를 모르고 달려가는 기관차와 같고 고전 인문학의 맹신은 책의 궁극적 가치인 삶에 실천하기 어려운 탁상공론이 될 수 있다. 한 쪽만 맹신하다가는 독서에 흥미를 잃을 수도 있다. 재미있는 일들을 제쳐두고 인생에 도움이 되지 않는 책을 봐야 할 이유는 없다.

몰입하는
즐거움

　　　동물 중에는 동족의 사체를 보고 예를 갖추는 동
물이 있다. 눈물을 흘리며 다시 찾아오는 유일한 동물이며 수십 년
전의 일이나 사람을 기억하고 반응을 보이기도 한다. 바로 코끼리다.
　　코끼리가 사용하는 기억법은 눈으로 본 것뿐만 아니라 몸에서
나는 체취와 움직임의 파동 등 온몸을 사용해서 기억한다고 한다. 이
런 코끼리의 특성을 살려 제목으로 쓴 작품이 있다. 아가서 크리스티
의 『코끼리는 기억하고 있다』라는 미스터리 소설이다. 이 작품에 코
끼리는 등장하지 않고 주인공이 과거의 기억을 더듬어 수십 년 전의
사건을 해결하는 내용이다. 그러니까 코끼리는 기억력의 상징으로
쓰였다. 기억력이 좋다는 것은 축복이다.
　　책에서 만난 감동의 문장과 이야기를 기억해서 오래 간직하고 싶
고 다른 이에게 전해 주고 싶은데 기억이 나지 않는 경우가 종종 있
다. 또한 책 속에서 만난 위인들이나 성공한 사람들의 행동 습관이나
의지 등을 닮아가고 싶어도 삼일이 지나가면 머릿속이 하얗게 변해

있다. 귀한 시간과 노력을 들인 독서가 자신의 지혜가 되고 삶의 나침반이 되도록 읽을 수 있는 방법은 없을까. 고민하지 않을 수 없다.

책을 읽는 사람들이 가장 아쉬워하는 것들 중의 하나가 망각이다. 책에 따라 다르기는 하지만 시간이 조금만 흘러도 기억이 나지 않는 책이 많다. 의지와 필요에 따라 읽은 책이나 감동을 받은 책은 그래도 나은 편이지만 이해되지 않았거나 억지로 읽은 책은 책장을 덮는 순간 신기루처럼 기억에서 사라져 버린다.

에빙하우스의 망각곡선에서 보면 학습 후 10분이 지난 뒤부터 망각이 시작되어 하루가 지나면 70% 이상을 잊어버리고 한 달이 지나면 80% 이상이 기억에서 사라진다고 한다. 실컷 애써서 읽었더니 이전의 백지상태처럼 되어 버려 황당하기도 하고 공연스레 책을 읽었나 하는 생각이 들기도 한다. 망각은 신의 축복이지만 기억은 인간의 의지라는 말에 이의를 달고 싶은 심정이다. 망각이 신의 능력 안에 있어 어찌할 도리가 없다면 인간의 의지로 가능한 기억을 늘리는 방법에 초점을 맞추는 수밖에 없다.

사람의 뇌와 심장에는 전기장과 자기장을 갖고 있다. 좀 더 과학적으로 말하면 전자와 자기의 힘이 미치는 영역을 전기장과 자기장이라 한다. 그 힘의 세기를 연구해 본 결과 심장에서 나오는 전기장은 뇌보다 100배 정도로 강하며 자기장은 무려 5000배가 강하다는 것이다. 이것은 뇌에서 하는 일보다 심장에서 하는 일이 훨씬 강함을 의미한다. 또한 연구 결과 범죄의 많은 원인은 이성적인 이유가 아닌 마음에서 오는 감정 때문에 발생할 확률이 높다고 한다. 이것은 그래도 독서에 적용될 수 있다. 머리로만 하는 독서는 가슴으로 읽는 독서를 이길 수 없다. 이성적인 독서는 독서에 흥미를 잃어버리게 하는 주요인 중의 하나이기도 하다. 즐거움은 책과 온전히 하나가 되는 가슴으로 읽는 책에서 오는 것이다. 가슴으로 읽는 법이 독자의 기본이 되어야 한다.

일반적인 독서는 눈과 머리로만 읽는다. 이것은 일차원적인 독서다. 글자만 볼 수 있고 자신의 이성적인 한계까지만 읽을 수 있는 방법이다. 책이 주는 지식과 작가의 주관이 진실이라 믿으며 독서의 과정 중 가장 중요한 사색도 거의 하지 않는다. 이차원적인 독서는 심장이 있는 가슴까지 내려와서 책을 읽는 것이다. 독자 자신뿐만 아니라 책 속의 인물이나 작가의 마음과 하나 되어 읽는 방법이다. 이쯤만 돼도 이해되지 않거나 읽지 못할 책이 없다. 글자가 아닌 글자 사이에 있는 행간의 의미까지도 알 수 있다. 3차원적인 독서 방법은 온몸으로 책을 읽는 것이다. 신체의 가장 아래에 있는 발까지 내려온다. 발은 움직임이자 실천을 의미한다. 시각·청각·후각·미각·촉각의 오감뿐만 아니라 뼛속까지 새기는 방법이다. 이런 독서야말로 자신을 변화시키고 세상을 바꾸는 힘이 된다. 훌륭한 독자는 온몸으로 읽는다. 진실로 독서에 갓 입문한 초보자와는 달리 독서의 신들은 온몸 독서법을 실천한다. 책을 다 읽으면 정신적인 즐거움과 깨달음을 얻지만 육체는 탈진 상태에 이른다. 초보자는 눈과 머리로만 책을 읽지만 그들은 책 속을 여행하면서 만지고 냄새 맡고 맛보고 함께 울고 웃으며 쉼 없이 걸어 다녔기 때문이다. 온몸으로 책을 읽는다는 것은 몸에 기억을 새기는 과정이다. 음식의 단맛·쓴맛을 혀에 새기는 것이며, 살랑거리며 부드럽게 불어오는 지중해의 포근한 바람, 혹은 자작나무 사이로 부는 칼바람에 살갗이 에이는 고통과 매서움을 피부에 새기는 것이며, 로미오와 줄리엣의 사랑의 애틋함과 엇갈린 운명에 깃든 아픔을 온몸에 새기는 것이다.

작가는 영혼과 열정을 쏟아 부어 한 권의 책을 탄생시킨다. 온몸으로 쓰지 않은 책은 책이 될 수 없고 오래 가지도 않는다. 온몸을 이용해 쓴 글은 온몸으로 읽어야 온전히 이해할 수 있는 것이지 눈으로만 읽으면 수박 겉핥기밖에 되지 않는다. 어떻게 체험과 깊은 사색으로 쓴 책을 가볍게 이해할 수 있겠는가. 물론 훌륭한 작가는 글을 쉽게 쓰는 경향이 있다. 그만큼 모든 것을 초월하고 돌아와서 쓰기 때문이다. 언뜻 생각하기에 쉽게 쓴다는 것이 이해가 되면서도 가벼운 책이라고 모순되게 여길 수도 있다. 하지만 그렇게 쓴다는 것 자체가 쉬운 일이 아니며 모두가 깨닫게 할 수 있는 내공의 승화가 있어야 가능하다. 뚱딴지같은 말이지만 독자는 '이에는 이 눈에는 눈'처럼 작가의 수고만큼은 아니더라도 그들의 마음을 이해하고 읽어야 함을 말하고 싶다.

온몸으로 실천하는 독서는 참으로 위대하다. 책을 읽고 영감을 얻은 후 성공한 사람들의 발자취를 좇아가다 보면 만나는 방정식이다. 최소한 가슴으로 읽어야 책을 잘 읽는 사람이라고 말할 수 있다. 우리의 작은 뇌만으로 이해하기엔 세상은 너무나 넓다.

온몸으로 읽어야 책을 떠받치는 작가의 힘을 가져올 수 있다. 글자 속의 보이는 현상이 아니라 책이 전하고자 하는 본질을 제대로 꿰뚫어볼 수 있는 방법이다. 수천 년 동안 거듭하여 발전해 왔지만 문자라는 소통의 언어는 완벽하게 우리의 마음을 전달할 수 없다. 온몸으로 읽어야만 행간의 의미뿐만 아니라 작가가 책을 통하여 전달하고자 하는 의미를 파악할 수 있는 것이다.

온몸으로 책을 읽는다는 의미에는 책을 읽고 난 뒤의 실천의 중요함도 내포되어 있다. 온몸에 새겨진 내용들이 일상에 도움이 되지 못한다면 각인의 고통은 무용지물이 되고 만다. 세상에 재미있는 일들이 얼마나 많은데 방에 틀어박혀 누가 책을 읽겠는가. 독서를 중도에 포기한 사람들의 대표적인 이유이다. 독서에 들인 시간과 노력에 비해 얻는 것이 없다고 생각할 때 독서의 이유는 없어지고 만다.

훌륭한 독자는 온몸으로 읽는다. 온몸으로 읽는 독서가 오래 기억되고 삶을 변화시키는 기폭제가 된다. 우리의 눈은 많은 것을 볼 수 있는 만큼 빨리 사라지게 만든다. "쉽게 얻은 것은 쉽게 사라진다"라는 서양의 속담에 그대로 적용되는 것이다. 신체의 무게 중심이 아래로 가면 갈수록 안정감을 느끼는 것처럼 기억의 무게도 마찬가지다.

마지막으로 온몸으로 책을 읽는 간단한 방법을 하나 소개하고자 한다. 책을 베껴 쓰는 필사이다. 『태백산맥』의 작가 조정래는 이 10권의 책을 쓰기 위해서 6년 동안 글감옥 생활을 했다. 정신적인 감옥일 뿐만 아니라 엉덩이에 곰팡이가 필 정도로 육체적인 감옥 생활이었다고 한다. 그런 그가 아들과 며느리에게 10권의 『태백산맥』 전집을 필사하도록 시켰는데 6개월 정도의 시간이 걸렸다고 한다. 이는 단순히 필사하는 고통만을 알려주기 위해 했다고는 생각지 않는다. 그것은 조정래라는 아버지를 온전히 이해시킬 수 있는 방법이라고 믿었기 때문이지 않을까 싶다.

초고속 인터넷 세상에 가장 아날로그적 방법인 손으로 글을 쓰는 것은 어리석은 방법일 수도 있다. 하지만 책을 많이 읽었다고 자부하는 나는 이렇게 말하고 싶다. 책의 이해를 넘어 지혜와 통찰력을 얻는 현존하는 최고의 방법은 필사이다. 필사는 단순히 손으로 쓰는 것이 아니라 온몸으로 읽는 것이다. 아름다운 문장과 교훈이 될 만한 좋은 책 한 권을 찾아서 매일 조금씩 필사해 보자. 마음의 양식을 쌓아가는 풍요로움을 경험하게 될 것이다.

책을 내 것으로 만드는 방법

숲을 보고 나무를 보라

무슨 일을 하든지 일머리를 잘 잡아야 좋은 성과를 얻을 수 있다. 일머리가 없으면 실수를 많이 하게 되고 효율성도 떨어지듯이 책 읽기도 마찬가지다. 효율적이고 생산적인 독서를 위해서는 독서머리를 잘 잡아야 한다. 책을 잘 읽는다는 것은 내용을 잘 이해한다는 뜻이다. 잘 이해하기 위해서는 자세하게 관찰하고 생각하면서 읽어야 한다. 이것은 때론 정독 이상의 시간을 필요로 한다. 한 권을 읽는 데 너무 많은 시간이 걸리게 된다. 앞과 뒤가 너무 멀어 서로가 잘 안 보이는 것처럼, 앞의 내용을 잊어버리기 쉽다. 또한 부분적인 이해는 정확하나 전체적으로는 일관성이 없는 책 읽기가 될 수도 있다. 열심히만 읽는다고 상세하게만 읽는다고 모두 좋은 것은 아니라는 얘기다. 독서에는 속도도 중요하고 이해의 방법도 중요함을 말하는 것이다. 그래서 책을 잘 읽기 위해서는 "숲을 보고 나무를 보라"는 말에 충실하는 것이 필요하다.

독서는 현상이 아닌 본질을 볼 수 있는 능력을 키워주는 곳이다. 얇고 단편적인 지식은 어디서나 얻을 수 있지만 본질을 정확하게 알려주는 곳은 책이 유일하다. 그 속에는 반드시 본질이 있고 수많은 현상들이 들어가 있다. 하나하나의 현상을 자세히 아는 것도 필요하지만 전체적인 흐름을 잘 이해하는 것이 필요하다. 책을 많이 읽고도 큰 변화가 없는 사람들의 특징 중의 하나가 내용은 상세하게 이해하는데 전체적인 흐름을 그리지 못한다는 것이다. 나무 하나하나는 상세하게 이해하는 데 반해, 전체적인 숲의 그림을 그리지 못해 통찰력을 얻지 못하는 것이다. 책을 읽어도 자신의 의견은 없고 좋은 책이나 위대한 작가들의 생각에만 동조하게 되는 것이다. 그러므로 책을 읽을 때는 숲을 보고 나무를 보아야 한다. 그것이 현상 아닌 본질을 제대로 발견할 수 있는 방법이다.

해답이 없는 책이 좋은 책이다. 해답을 억지로 찾아줄려고 하는 책은
진실하지 못하기 때문에 좋은 책이 못 된다. 이런 책은 길을 밝혀주는
등불이 아니라 기껏해야 신호나 보내주는 사거리의 신호등과 같은
역할밖에 못한다.

4 어떤 책을
읽을 것인가

1 세상에서 가장 어려운 '생각하기'

우선 제1급의 책을 읽어라. 그렇지 않으면 그것을
읽을 기회를 전혀 갖지 못하게 될지도 모른다.

『월든』의 저자 헨리 데이비드 소로가 우리에게 전하는 조언이다. 인간에게는 주어진 시간이 한정돼 있고 예측할 수 없기 때문에 좋은 책부터 읽으라는 당부이다. 대형서점에 가면 엄청난 양의 책들이 산더미처럼 쌓여 있다. 한 사람이 수천 년을 산다 해도 다 읽지 못할 분량이다. 아무리 많은 책을 읽은 자라 할지라도 그 사람이 읽은 책은 백사장의 모래 한 줌 정도밖에 되지 않는다. 그럼에도 불구하고 독서를 했다고 자부하는 사람들은 책에서 얻은 지혜를 자랑하며 우쭐댄다. 다독은 결코 자랑할 일이 아니다. 샤를 단치가 말한 것처럼 독서는 단지 이기적인 행위가 이타적인 행위로 바뀌는 일이며, 읽을수록 세상의 넓음과 지식의 부족함을 알고 겸손해지는 것이기 때문이다.

책을 읽는다는 것은 배움과 생각이라는 양 날개를 펼쳐 자신의 삶과 사회를 포용하는 일이며 온전히 자신의 생활에 적용하는 과정이다. 다양한 책을 읽고 깊은 사색을 통해 진리로 가는 길을 찾아가는 것과 같다. 그러기 위해 지식을 얻는 것과 그것을 숙성하는 시간인 사고의 시간을 거쳐야만 올바른 지혜를 얻고 행동에 옮길 수 있다.

공자가 『논어』에서 말한 '학이불사즉망(學而不思則罔), 사이불학즉태(思而不學則殆)'도 같은 말이다. 배우기만 하고 생각하지 않으면 얻는 것이 없고, 생각하고 배우지 않으면 위태롭다는 뜻이다. 책을 통해 지식이 쌓이고 똑똑해지는 것은 이해가 되는데, 책으로 생각하는 것이 어떤 역할을 하는지 도무지 알 수가 없다는 독자가 있다. 대충 생각해서 깨우치라는 뜻인지, 깊게 고민해서 문제를 풀라는 말인지 분간하기 어렵다는 것이다. 여기서 우리가 알아야 할 것은 좋은 책은 생각을 유도한다는 것이다.

우리의 삶은 늘 같아 보여도 매일 다른 삶을 살아간다. 지금 이 순간에도 시간이 흘러 과거가 되고 있다. 문화는 어떤가. 조상들의 문화가 예스러움과 전통은 가지고 있지만 풍습을 그대로 이어가지는 않는다. 시간이 흐르면 닳고 낡았다는 느낌이 든다. 그렇지만 책은 그렇지 않다. 몇백 년이 흘렀더라도 그 안에 담긴 주제는 영원하고 늘 새롭게 독자에게 나가선다. 그것을 읽는다는 것은 축적된 삶의 지혜를 온전히 받아들이는 것이다. 그리고 자기화시키고 적용시켜 자기 선택에 후회가 없도록 만드는 것이 중요하다.

어떤 선택을 하느냐에 따라 인생이 좌우될 수 있다. 최선의 선택을 해야 하는 이유이기도 하다. 자신이 알고 있는 기존의 가치와 지식으로는 선택하기 어려운 상황이 다가올 때 우리는 당황한다. 갈피를 잡지 못하고 망설이고만 있을지도 모른다. 작가 제임스 앨런은 『생각하는 그대로』에서 생각의 크기만큼 성장할 수 있다고 말한다.

> 당신이 이루거나 이루지 못하는 것들 모두는 당신이 품는 그 생각들의 직접적인 결과물이다. 오늘 당신은 당신의 생각들이 데려다 준 그곳에 있고, 내일 당신은 당신의 생각들이 데려다 줄 그곳에 있을 것이다.

기존의 지식이나 감각만으로는 제대로 된 결정을 내리기 어려울 때 필요한 힘이 생각이다. 독서의 기본이면서 가장 중추적인 활동이다. 생각하지 않으면 좋은 판단을 할 수 없다. 책을 아무리 많이 읽어도 변화가 없는 것은 생각하지 않기 때문이다. 지식은 지혜가 아닌 것처럼 책은 책일 뿐이다. 지식을 가공하여 지혜로 만드는 과정이 생각하기다. 글을 쓰는 것도 마찬가지다. 책을 많이 읽은 사람이 글도 잘 쓸 것이라고 여겨지지만 그렇지 않은 경우도 많다. 많은 양의 책을 읽었어도 사색을 하지 않으면 좋은 글을 절대로 쓸 수 없다. 그저 이런저런 잡동사니 지식을 모아놓고 공감해 주기를 바라는 글을 쓸 뿐이다. 된장이 숨 쉬는 항아리에서 오랜 시간 서서히 발효되고 숙성되어야 깊은 맛과 향이 살아 있는 것처럼 글도 사색이라는 숙성의 과정을 거쳐야만 글을 잘 쓸 수 있고, 읽은 책을 온전히 자기 것으로 만들 수 있다.

책을 읽는다는 것은 단순히 지식을 입력하는 과정이 아니다. 좋은 결과물을 만들어내는 것은 독자의 능력으로 발휘되는데 이것은 생각하는 과정을 필히 거쳐야만 한다. 지식이 지혜가 되어 나오고 간접경험이 추체험이 되어 제대로 된 선택을 할 수 있게 돕는다.

책은 생각하는 힘을 기르는 가장 좋은 방법이다. 독서는 손, 발이 아닌 머리로 하는 일이며, 책 읽는 내내 생각을 하지 않으면 읽을 수 없는 행위이다. 작가와의 질문과 대답이 쉴 틈 없이 이어지는 동안 생각은 지구를 몇 바퀴 돌 정도로 활발하게 움직인다. 생각은 상상의 나래를 펴고 책의 과거와 현재, 미래를 끊임없이 확인하고 판단한다. 그래서 좋은 책은 생각하는 힘, 사고력을 키워주는 책이다. 책 속에서 생각의 체험은 그대로 자신의 삶 속으로 들어오기 때문이다. 그래서 독자를 생각하게 만드는 책이 좋은 책이다.

생각하는 것이 세상에서 가장 힘든 일이다. 아마도 진정으로 생각하려는 사람이 많지 않은 것도 바로 이런 이유에서일 것이다.

자동차 왕, 헨리 포드의 말이다. 생각한다는 것은 기존의 지식과 체험으로는 해결할 수 없는 문제들을 해결하려는 의지의 표현이다. 기존의 삶을 지배했던 고정관념을 버려야 하고 타성에 의지했던 자신을 버려야 한다. 몸에 배어 익숙한 것들을 버리는 행위에는 고통이 따른다. 생각이 고통스럽다고 인식하는 순간 생각도 멈추고 성장도

책은 망치다

멈춘다. 위대한 사람은 생각하는 고통을 잘 견뎌냈기에 가능했다.

마이크로 소프트의 빌 게이츠 회장은 일 년에 두 번 '생각주간'이란 시간을 갖는다. 철저히 고립되어 있는 호숫가 별장에서 회사의 미래와 삶에 대해 생각하는 인고의 시간을 갖는다. 모든 것이 풍족하고 부족할 것 없지만 그는 이 시간을 가장 비중 있게 쓴다. 그런 그가 한 말이 있다. "경쟁자는 두렵지 않다. 다만 경쟁자의 생각이 두려울 뿐이다." 빌 게이츠는 모든 문제의 해결책은 생각에 달려 있음을 누구보다도 잘 이해하고 있었던 것이다.

투자가의 신화가 된 워런 버핏도 "나는 1년에 50주를 생각하는 데 쓰고 나머지 2주만 일한다"고 말할 만큼 생각의 중요성을 강조한다. 세계 부호 순위 1, 2위를 엎치락뒤치락하는 그들에게 생각은 부를 만들어주고 더 많은 부를 창출하는 핵심 중의 핵심으로 작용한다. 이처럼 생각은 위대하다. 생각하지 않으면 자신을 바로 볼 수 없고 변화도 생각할 수 없다. 독서에서의 생각은 이런 사고력을 향상시키는 데 결정적인 역할을 한다.

심오한 철학을 가지거나 새로운 관점을 가지고 쓴 책들은 깊이 생각하지 않으면 이해가 어렵다. 생각이 깊어질수록 사고력이 커지고 현명한 판단을 내릴 수 있는 힘이 생긴다. 다양한 문제적 상황에 부닥쳤을 때 현명한 선택을 하기 위해선 생각하는 힘을 키워야 한다.

생각하기 위해선 의문을 품고 질문을 끊임없이 주고받아야 한다. 많이 생각하게 만드는 책이 좋은 책이라면 답을 주는 책보다 의문과 질문을 던져주는 책이 좋은 책이다. 물고기를 잡아주기보다는 고기 잡는 법을 알려주는 것이 훨씬 현명한 일이듯이 정답만 제시하는 것이 아닌 방법을 찾도록 생각의 힘을 주는 책이 좋은 책이다. 급변하는 세상이다. 어느 누구도 명확하게 예측할 수 없는 상황에서 어떤 것이 인생의 정답이라고 가르치는 것은 교만이자 위선이다. 좋은 책은 단지 스스로 생각을 하게 해서 해답을 찾아가는 과정에서 목적에 이르는 길을 안내하거나 동반자 역할을 해주면 된다. 책을 읽고 생각하는 목적은 좋은 결론을 얻는 데 있다.

기억에 의해서가 아니라 사색에 의해서 얻어진 것만이 참된 지식이다.

레프 톨스토이의 말처럼 지식은 생각하기를 통해서만 참된 지식이 되고, 참된 판단은 생각하기를 통해서만 가능하다. 독서는 눈으로 하는 것이 아니라 뇌로 하는 것이다. 책을 읽어나가며 스스로 생각을 키우는 것은 책을 읽는 즐거움이자 깨달음의 원천이다. 독서는 작가의 생각을 알아내고 자신의 생각을 찾아가는 일이다. 이를 알려주는 에밀 파게의 말이 있다.

작가는 무언가를 가지고 있는 존재로 마르지 않는 샘이며, 우리가 한 철학자를 읽으며 찾고자 하는 즐거움은 바로 사유의 즐거움이다. 작가의 생각과 거기에 섞여 드는 우리의 생각을, 우리를 자극하는 작가의 생각과 그를 해석하는 우리의 생각을 모두 따라가며,

그리고 아마도 이 모든 생각을 배반하며 우리는 사유의 즐거움을 맛보게 될 것이다. 관건은 즐거움으로, 여기에는 불경스러운 즐거움이 존재한다. 한 작가에 대한 이러한 불경은 무고한 방종이라니.

그의 말대로 생각은 즐거움이다. 독자는 생각하기를 즐겨야 한다. 많이 생각하게 만드는 책이 좋은 책이다. 또한 마크 트웨인의 "당신에게 가장 필요한 책은 가장 많이 생각하게 만드는 책이다"라는 명언도 귀에 새길 만하다. 생각하는 인간을 의미하는 '호모 사피엔스'라는 인류는 세상의 힘 센 동물들과 극한의 자연환경을 이겨낸 원동력이었다. 생각은 인간만이 가진 힘이다. 생각의 힘을 길러주는 책은 신이 주는 선물이다.

2 끊임없이 질문하는 책

　　인생은 정해진 순서와 모양에 따라 완성되는 퍼즐조각이 아니다. 무엇이든 생각하는 대로 노력하는 대로 이루어지는 레고조각과도 같다. 자동차든 기차든 집이든 꿈꾸는 대로 만들어지는 삶이 인생이다. 인생의 진정한 위대함은 여기에 있다.

　　모든 사물에는 양면성이 있다. 앞이 있으면 뒤가 있고, 위가 있으면 아래가 있고, 있음이 있으면 없음이 있다. 보는 시각에 따라 앞이 더 커 보일 수도 있고 중요해 보일 수도 있다. 자기의 이익에 따라 보고 싶은 부분만 볼 수도 있다. 독자는 읽고 싶은 부분만 읽을 수 있고 믿고 싶은 부분만 믿을 수 있다. 또한 작가도 보이고 싶은 부분만 보일 수 있고 알려주고 싶은 부분만 알려줄 수 있다. 이처럼 모든 것은 상대성을 가지고 있다.

　　조선 전기 때, 현명한 재상으로 널리 알려진 황희 정승의 이야기다. 어느 날, 하녀 둘이 싸우다가 황희 정승에게 와서 하소연을 하였다. 황희는 먼저 하소연을 한 하녀에게 "네 말이 옳구나"라고 했다. 뒤이어 다른 하녀에게도 "네 말도 옳다"라고 했다. 그 광경을 지켜보던 부인이 "두 사람이 서로 반대의 이야기를 하는데 둘이 다 옳다고 하시면 어떻게 합니까?"라고 하니 황희 정승은 "당신 말도 옳소"라고 했다. 서로 자기의 입장을 말하고 있으니 맞을 수밖에. 과연 명재상다운 대답이다. 책에서 뿐만이 아니라 사람 사이에도 정답이 없는 문제들이 너무 많다. 그럼에도 저마다 자신이 옳다고 핏대 올리며 싸우는 모습을 보면 안타까운 일이다. 책에서든 삶에서든 정답은 없다. 답을 찾을 수 있도록 등불을 좀 더 환하게 밝힐 수 있을 뿐이다.

이 세상에는 정답이 없다. 인생에도 정답이 없는 것이 확실하다. 왜냐하면 인생이란 그 단어의 뜻 자체를 정확히 아는 사람이 없기 때문이다. 삶이 무엇인지 모르기 때문에 삶에 대한 정답도 없다. 이 세상에 사는 사람 누구나 자신의 삶의 문제를 안고 있다. 자신의 문제에 대한 답을 찾기 위해 노력해봤자 정답은 찾을 수 없다. 자기 자신이 누구인지 정확히 모르는 데 어떻게 정답을 구할 수 있겠는가. 흐르는 강물에서 종이배의 위치를 알려달라는 어리석음과도 같다. 그리고 보면 위대한 철학자나 성인들은 역시 존경할 수밖에 없다. 이 모든 진실을 파악해 근거를 제시한 것이 아니라 보편적 진리를 자신의 철학으로 승화시켜 지혜를 가르쳤기 때문이다.

문제의 상황에 봉착한 사람들은 그들이 남긴 말을 되뇌며 자신의 상황을 대입해 본다. 그들이 진정으로 위대한 것은 인류에게 인간과 삶에 대해 답이 아닌 올바른 방향과 찾아가는 방법을 가르쳐준

데에 있다. 이처럼 책을 통한 현명한 인간의 발자취는 인류의 스승이자 등불이 되어준다. "신은 죽었다"라고 말하는 니체의 말도 인간의 삶이 신들의 장난 같은 운명에 좌우되는 것이 아니라, 인간의 자유의지에 따라 얼마든지 변할 수 있음을 강조한 말이다. 그럼에도 불구하고 신을 찾듯 정답을 찾아 여기저기 기웃거리는 독자들이 얼마나 많은가.

책을 읽는 사람에게는 또 하나의 선물이 있다. 시련이 닥쳤을 때 보통사람들은 삶에 대해 의문을 제기하고 인생이 불공평하다고 투덜대며 원인을 사회나 타인에게서 찾는다. 하지만 책을 읽는 사람들은 시련의 이유와 인간의 본질을 파악하기 위해 책을 뒤적인다. 옛 조상들의 경험과 삶 속에서 찾고자 하는 것이다. 동양의 사상을 읽어보기도 하고 합리적이고 이성적인 서양의 위대한 철학자들의 저서를 통해 답을 구하기도 한다.

소크라테스의 '너 자신을 알라.', 프리드리히 니체의 '신은 죽었다.' 임마누엘 칸트의 '나는 해야 한다. 그러므로 나는 할 수 있다.' 성철 스님의 '산은 산이요 물은 물이요'라는 말들은 명언이 되었다.

고전의 위대함은 여기서 발휘된다. 고전에는 답은 없고 오직 끊임없는 물음만을 던져준다. 우리에게 물음을 주는 것은 자신을 성찰하며 알아가라는 것이고 삶에 대해 물음을 던져주는 것은 고난의 길이든 평탄한 길이든 스스로 걸어가야만 알 수 있다는 의미이다. 진실로 자신을 알고 삶에 대해 알 수 있을 때는 영원한 안식을 누리는 때가 아닐까 생각한다. 살아 있는 인간은 알 수 없다. 깊은 철학을 요구하는 학문만이 아니라 일상생활에서 오는 문제들도 정확한 해답은 없다. 자신에게 좀 더 가까운 방향으로 안내해주는 책이 필요하고, 조금이라도 더 해결할 수 있는 방법을 제시하는 책이 좋은 책이다.

답이 없다면 물음을 많이 던져주는 책을 읽어야 한다. 많이 생각하게 만드는 책이 좋은 책이다. 자기계발서 또한 그것만이 가진 특수성이 있다. 잘 사용하느냐 않느냐는 독자의 몫이지 책의 영역이 아니다. 그렇더라도 문학과 비문학 독서의 균형을 맞추는 지혜가 필요하다. 답이 아닌 것을 답이라고 말하는 사람은 바보가 되고 정답이 아닌 것을 정답으로 알고 살아가면 길을 잃고 헤매는 결과를 초래할수 있다.

해답이 없는 책이 좋은 책이다. 해답을 억지로 찾아줄려고 하는 책은 진실하지 못하기 때문에 좋은 책이 못 된다. 이런 책은 길을 밝혀주는 등불이 아니라 기껏해야 신호나 보내주는 사거리의 신호등과 같은 역할밖에 못한다. 책이라면 자아를 찾을 수 있도록 도우며 무엇을 위해 살아야 하는지 목적을 밝혀주는 등불의 역할을 해야 한다.

3 언제든 어디서든 읽고 싶다

내 손엔 언제나 책갈피가 들려 있다. 밥을 먹을 때도 한 손과 한 눈은 밥을 먹는데, 나머지 한 손과 한 눈은 책장을 넘기며 책을 읽는 데 사용한다. 전철을 타고 움직일 때도, 화장실에서 볼일을 볼 때도, 소파와 침대에서도 거의 모든 장소에서 책을 읽는다. 아침 출근 버스에서도 잠깐 동안의 정차 시간에 대여섯 줄의 책을 읽는다. 그렇게 조금씩 읽는 책이라도 어느새 내릴 정류장이 되면 여러 페이지가 넘어가 있다. 친구와의 약속 장소에 미리 나가 기다리면서도 몇 장을 읽고, 틈틈이 시간 나는 대로 읽고 또 읽는다. 시도 때도 없이 읽고, 장소 불문하고 책을 펼치고 읽는다. 즐거움이나 깨달음을 주는 좋은 책은 때와 장소를 가리지 않고 읽게 만드는 힘이 있다. 독서의 즐거움을 어느 때건 어느 곳이건 포기하고 싶지 않다.

장소와 시간에 구애 없이 읽을 욕구를 주는 책은 몰입하는 즐거움까지 느낄 수 있게 한다. 몰입은 책과 내가 하나가 되어 물 흐르듯 책을 읽게 하는 능력을 가지고 있다. 즐거움이 가득하고 집중력이 정점을 찍는다. 최고의 행복과 쾌감을 선물한다. 책을 읽는 방법이나 속도에 대해 걱정하기보다는 독서 몰입의 시간을 늘려라. 몰입은 어떤 독서법보다 좋은 책 읽기이며, 책 읽는 속도 또한 갑절 이상 높일 수 있다.

좋은 책은 늘 곁에 붙어 다닌다. 조그마한 시간이라도 생기면 책장을 펴게 만들고 한 줄이라도 더 읽으려고 애쓰게 만든다. 그리고 누군가에게 그 책과 작가에 대해 알려주고 싶어 입이 간지러워진다. 특히 관심 분야의 품격 있는 책을 만나면 그 책의 작가가 선망의 대상이 되기도 한다.

책을 읽게 지속시키는 힘은 독서의 즐거움이고, 어느 방향으로든 독자를 성장시킨다. 그러기에 책을 항상 휴대하고 다녀야 한다. 감동과 즐거움의 여운이 남아 있을 때 지속적으로 읽는 것이 필요하기 때문이다. 연장을 만드는 뜨거운 쇠도 식으면 다시 가열해야 하는 것처럼 책도 마찬가지다. 여운을 살리고 기억이 사라지기 전에 읽어야 앞뒤 문맥을 제대로 이해할 수 있다. 한 번 덮은 책은 웬만해선 다시 열기 어렵고 이해도도 떨어진다. 모든 책은 열정이 식기 전에 재빨리 읽는 것이 좋은 독서 방법 중의 하나이다.

경험으로 미루어볼 때, 언제 어디서나 책갈피를 찾게 하는 책이 좋은 것 같다. 쉽게 말해, 미친 듯이 책을 읽게 만드는 마력 있는 책 말이다. 다음 내용이 궁금해서 보던 곳을 표시해 둔 책갈피를 찾게 된다. 마지막 한 장까지 읽지 않으면 밤을 새서라도 읽고 싶은 책. 그런 책을 읽는다는 것은 독자로서 큰 행운이기도 하다. 행복의 세 잎 클로버보다 행운의 네잎클로버가 찾기 어려운 것처럼 자주 오지 않는 행운이다. 좋은 책을 다른 사람에게 소개받았다고 해서 자신에게도 똑같은 행운이 찾아오는 것은 아니다. 행복과 성공의 기준이 서로 다르듯, 독자마다 감동과 깨달음의 포인트가 다르기 때문이다.

세상은 사람들이 생각하는 것과는 다르게 움직인다. 사람들은 이성이 아닌 감정에 의해 움직이는 버릇이 있기 때문이다. 상대를 설득하는 기술도 논리적이거나 이성적인 말이 아니라, 상대의 마음을 움직이게 하는 감동의 말이다. 진실로 그렇다. 많은 책을 읽으면서 기억에 남고 삶 속으로 들어온 책은 논리가 아닌 가슴으로 파고드는 책이라는 것을 알았다.

읽고 싶은 책이 많아질수록 독서광이 될 확률이 크다. 미지근한 독서는 10년을 해도 큰 변화가 없지만 독서광의 책 읽기는 1년이라도 완전히 변화된 자신을 만날 수 있다. 미지근한 독서는 합리적이고 이성적인 독서이며 미친 듯이 읽는 독서는 가슴속에서 우러나오는 감정의 독서이다.

책 읽기를 시작했다면 독서가 주는 수많은 이점을 누릴 수 있도록 한 번쯤 독서광이 되어보자. 토마스 챈들러는 늘 손에서 놓고 싶지 않은 책이 좋은 책이라며 이렇게 말했다.

어떤 책은 주방에서 읽히고 어떤 책은 거실에서 읽힌다. 그러나 진정으로 좋은 책은 아무 데서나 읽힌다.

책은 망치다

4 명쾌한 답은 쉬운 책에 있다

　　도서관 나들이는 큰 즐거움 중의 하나이다. 도서관 문을 열면 야릇한 책의 향기가 온몸을 휘감아 돌며, 순간 몸과 마음은 이내 평온해진다. 마치 낯익고 정겨운 사람이 기다리는 고향에 온 것처럼 푸근하기도 하다. 도서관이 멀리서 보이기 시작하면 괜스레 웃음이 퍼지고 입꼬리가 올라간다. 숙제를 검사받는 설렘으로 빌린 책을 반납하고 나면 또 다른 새로운 책과의 만남에 대한 기대로 가슴이 벅차오른다. 책에서 접하게 될 새로운 세계에 대한 기대는 마음을 들뜨게 한다. 그곳이 한강이 내려다보이는 서울일 수도 있고, 예술과 보드카 그리고 겨울궁전을 가진 상트페테르부르크의 하얀 벽돌로 만든 집일 수도 있다. 심지어 돌로 만든 포장도로가 방사형으로 도시를 연결하는 로마의 언덕일 수도 있고 아니면 고대 원시림일지도 모른다. 또한 만날 수 있는 인물들은 어떤가. 잔소리하고 잘난 척하는 학자일 수도 있고 순박하고 순수한 아이일지도 모른다. 어쩌면 천 살이 넘는 인물일 수도 있다. 정말이지 빌릴 책을 선택하는 순간은 긴장되고 행복해진다.

　책을 고를 때의 방법은 도서관이나 서점에서나 크게 다르지 않다. 크게 다른 게 있다면 사람의 손때일 것이다. 칼날 같이 날이 서들추기 겁나는 새 책과 누군가 보고 반납한 도서관의 책은 가슴에 와 닿는 의미가 조금 다르다. 이전에 읽은 사람이 누군지는 모르지만 같은 책을 읽는다는 동질감, 혹은 정겨움이 책에서 묻어난다. 책을 읽다가 그들이 표시해 둔 부분이라도 발견되면 여간 반가운 게 아니다. 그러나 정확한 도서명이 아닌 주제를 가지고 책을 고르는 일은 시간이 많이 걸리고 번거로운 일이기는 하다. 작게는 열 권에서 많게는 백 권 정도의 책을 뒤져야 하는 노동이다. 보란 듯이 디자이너의 손을 거친 표지며 제목, 문구 하나하나가 그만그만해 보이기도 하고 모두 읽고 싶은 충동을 느끼게 하기도 한다. 한 가지 아쉬운 점은 책의 성격을 나타내는 띠지나 겉표지는 도서관의 규칙상 제거된다는 점이다. 공정하게 사람을 평가하기 위해 얼굴과 학력 등을 가리고 능력만을 평가하는 기업체의 전형 방법을 임차해 온 듯 사무적으로 보인다. 관리상 불편을 덜기 위한 방편이겠지만 한눈에 책 내용을 눈치챌 수 없어 서운할 때도 있다.

　책을 고를 때는 책의 제목과 동시에 부제목을 잘 살펴봐야 한다. 일반적으로 제목은 추상적이지만 부제목은 정확하게 책의 특성을 말해 준다. 다음으로 목차를 보면 책의 전반적인 윤곽을 잡을 수 있다. 다른 건 속여도 차례만은 속일 수 없다는 말이 있는 것처럼 책을 선택할 때 가장 중요시 여겨야 하는 부분이다. 또 개략적인 책의 흐름, 내용, 강조하는 단어가 무엇인지 알아봐야 한다. 여기까지 살펴보았다면 반 정도는 책의 선택 여부가 결정된다. 여기까지는 일반 독자들도 비슷한 방법으로 책을 고르는 방법일 것이다. 이제부터 자신에게 맞는 책과 좋은 책의 기준에 부합하는 책 고르기 방법을 설명하려고 한다.

첫째, 읽기 쉬운 책이 좋은 책이다. 언뜻 보기엔 하나마나한 소리라고 그냥 넘어갈 수도 있다. 하지만 여기에 자신이 모르는 많은 비밀이 숨겨져 있다. 읽을 책을 선택하면서 목차라는 관문까지 지나왔다. 목차까지만 보고 책을 사는 사람은 돈이 많아서 다른 책을 다시 사도 부담이 없거나 독서에 갓 입문한 사람이다. 목차가 거짓말을 하는 것은 아니지만 내용의 구성이나 설명 방법에선 큰 차이를 보이기 때문이다. 여기서 하나 더 자신에게 맞는 책이며 유익한 책인지 확인하는 방법은 서문을 읽어보는 것이다. 서문은 책을 쓰게 된 동기부터 작가가 하고자 하는 핵심 사상과 논리 전개 방법 등을 구체적으로 설명하는 부분이다. 서문만 읽고도 책의 가치를 어느 정도 알 수 있다. 일반 독자들에겐 무엇보다도 자신의 수준에 맞는 책인지 알 수 있고, 핵심을 설명하고 글을 풀어내는 방법에서 읽기 쉬운 책인지 아닌지를 판별할 수 있다.

서문을 읽는다는 것은 작가의 생각을 풀어내는 기술을 읽는다는 것이다. 읽기 쉬운 책과 어려운 책의 구별은 주제에 따라 다른 것이 아니라 작가의 능력과 글을 풀어내는 방법에 있다. 어려운 주제라도

221

제4장. 어떤 책을 읽을 것인가

작가에 따라 쉽게 술술 풀어내기도 하고, 쉬운 주제라도 독해가 어려운 책이 있다. 이들의 가장 큰 차이점은 글을 풀어내는 작가의 기술에 달려 있다. 폭 삭힌 홍어는 입맛 나는 향기를 내지만 잘못 삭힌 홍어는 썩은 냄새가 난다. 책도 마찬가지다. 사색으로 잘 익힌 주제는 부드럽게 이해되지만 그렇지 않은 글은 난해한 글이 되고 만다. 즉 숙고해서 나온 글은 간단명료하고 이해하기 쉽다. 읽기 쉬운 글이란 명료하고 쉽기 때문에 이해하기 쉬운 것이다. 좋은 책은 바로 이런 책이다.

서문까지 읽어보았는데도 이 책이 자신에게 맞는지 판단되지 않는 경우가 있다. 이럴 때는 책에서 가장 강조하는 소주제나 관심이 가는 소주제를 읽어봐야 한다. 본문 내용에서 오는 느낌은 책을 흐르는 전반적인 느낌과 별반 차이가 없기 때문이다.

"읽기 쉬운 책이 좋은 책이다"라는 말은 다양하게 생각할 수 있다. 위에서 살펴본 바와 같이 읽기 쉬운 책은 숙고되어 명료하고 읽기 쉽다는 것이다. 일반적으로 전문 분야의 대가가 쓴 책이 읽기 쉬운 책이다. 경험과 깊은 사색으로부터 나온 것들은 물 흐르듯 읽힌다.

현대 경영학을 창시한 학자로 평가받고 있는 피터 드러커는 시대를 앞서가는 경영철학과 탁월한 통찰력으로 기업인들의 멘토가 되고 있다. 그의 탁월한 능력과 숙고된 결과물이 간단명료하고 쉽게 쓰여 있어 대중들이 쉽게 읽을 수 있다.

물론 읽기 어려운 책은 정독과 깊이 있는 사색의 과정을 거쳐 힘든 만큼 큰 깨달음을 얻을 수 있다. 하지만 자기 독서 수준에 부담이 되는 책은 책과의 사이를 멀어질 수 있게 할 수 있으므로 여간 조심스럽지 않다. 열혈 독자, 진정한 독서인이 아니라면 읽기 쉬운 책을 펼치는 것이 우선이다. 책에 대한 자신감을 키운 뒤 보다 어려운 책을 읽어도 늦지 않다. 한편으로 논리적으로 잘 풀어낸 책은 읽기 쉬운 책이 될 수 있다. 원인에서 결과까지 과정을 잘 설명하고 쉬운 예들을 사용한다면 어렵지만 읽기 쉬운 책이 된다.

읽기 쉬운 책을 쉽게 찾기 어려운 곳은 번역서들을 모아놓은 곳이다. 고전 명작이라는 책들 중에는 수십 종의 번역본이 있다. 번역서는 출판사와 역자에 따라 책의 수준이 현저하게 달라진다. 나름대로 취지에 맞게 직역한 것들도 있고 읽기 쉽게 의역한 것들도 있다. 서로 장·단점이 있기 마련인데 직역한 책 중에는 말이 매끄럽지 못하거나 문장이나 문단의 연결이 안 되는 글도 있고, 의역한 책들 중에는 원래 취지에서 벗어나게 번역된 부분도 있다. 어느 책을 선택할지는 독자의 몫이지만 되도록 읽기 쉽게 번역된 책을 권하고 싶다. 읽히지 않는 책을 손에 들고 있을 때처럼 고역인 경우도 드물기 때문이다.

5

왜 읽는지
스스로에게 물어라

독서의 목적이 무엇이냐고 물으면 다양한 답변이 나온다. 처음에는 독서의 즐거움이나 지식 습득, 그리고 선인들의 지혜를 배우기 위해 읽는다고 한다. 이렇게 말하는 사람들은 학교에서 배운 독서의 유익함을 잊지 못한 사람들이다. 그러나 좀 더 깊이 있는 대화를 해보면 대부분의 사람들이 자신의 꿈과 목표를 위한 수단 또는 무기로써 책을 읽는다는 말을 들을 수 있다. 책을 통한 '변화'를 원하는 것이다. 삶의 굴레를 벗어나고 싶고 좀 더 나은 미래, 좀 더 풍요로운 삶, 지금보다 더 나은 가치추구를 위해 손에 책을 든다는 것이다. 자기계발을 위해서 이곳저곳 기웃거려 보기도 하지만 만족하지 못하고 다양하고 전문화된 길을 책에서 찾고자 한다. 어디에도 없는 '자기계발'이라는 말이 서점이나 도서관에 즐비하게 놓여 있는 이유이다. 이들은 직접 경험하기 어려운 '변화'에 성공한 사람들의 이야기가 책 속에 묻혀 있음을 아는 사람들이다. 이들의 궁극적인 독서의 목적은 '꿈'과 '변화'라고 정의할 수 있다.

자신의 꿈과 독서의 목적이 일치하면 책은 유익하고 무한정 이해가 가능하다. 어려운 책은 필요 없는 책이고 뒤돌아서면 잊어버리는 무용지물이 된다. 목적에 부합하는 책을 만난다면 진정한 독서 매니아가 될 수 있다. 이렇게 꿈과 독서 목적이 하나 된 책 읽기는 좋은 책을 선택할 수 있는 혜안을 주며, 당장 눈앞의 이익을 추구하는 삶에서 자유로울 수 있다.

『슬로리딩』으로 일본 독서계에 혁명을 일으킨 하시모토 다케시는 근시안적인 독서가 아니라 장기적인 독서를 강조한다.

당장 도움이 되는 것은 곧바로 쓸모없어집니다. 그런 것을 가르칠 마음은 없습니다. 무엇이든 좋습니다. 조금이라도 흥미를 느낀 것에서 마음이 동하여 스스로 깊이 파내려 가길 바랍니다.

수많은 책 중에서 자신의 방향성에 맞는 책이 좋은 책이다. 만약, 꿈이 정치가라면 훌륭한 정치가를 만들어줄 수 있는 독서가 도움이 된다. 윈스턴 처칠 같은 정치가가 되고 싶다면 그의 자서전이나 평전을 읽어라. 그의 삶을 뒤적이다 보면 그가 독서광이었다는 것과 노벨문학상을 받았다는 사실까지도 알 수 있다. 그의 정치 인생은 그냥 얻어진 것이 아니라 엄청난 독서와 경험의 결과물이다. 모방 속에 창조가 있다는 말처럼 롤모델을 따라 하는 것도 좋은 방법이다. 또한 빌 게이츠 같이 세계적 부호가 되는 게 꿈이라면 독서 목적도 부자가 되기 위한 독서가 되어야 한다.

책은 현재의 자신을 변화시키고 꿈을 이루는 무기가 되어야 한다. 책은 자신을 변화시키고 꿈을 실현시킬 만한 능력이 충분하다. 사람들이 말하는 즐거움이나 지식과 지혜의 습득은 그 과정에 자연히 스며들기에, 더 이상 지엽적인 목표를 독서의 목적이라고 말하지 않았으면 한다. 책을 읽다 보면 자신도 모르게 어느 새 목적지에 도착한다. 마르틴 발저의 "사람은 자기가 읽는 것으로 만들어진다"는 말처럼 꿈을 이루기 위해 읽는 책들은 자신의 발자취가 되고 궁극적으로 목적인 꿈에 도달할 수 있도록 이끈다.

좋은 책은 자신의 내면을 강화해 어떤 상황에서도 삶의 주체성을 잃지 않는 사람이 되고, 사물을 꿰뚫어 보는 통찰력을 길러 문제 해결 능력을 키워주는 부수적 효과까지 있다. 결국 잘 살아갈 수 있는 힘을 만들어주는 것이다. 인생의 궁극적 목적인 행복도 인생을 잘 사는 것이니 독서의 목적과 인생의 목적은 같다. 인생의 궁극적 목적은 행복하게 잘 사는 것이다. 돈을 버는 것도, 꿈을 이루는 것도, 외모를 가꾸는 것도, 여행을 떠나는 것도 모두 행복과 직결되어 있다. 우리가 찾는 행복이란 게 개그 프로그램을 보듯 한 번 웃어넘기고 마는 단발적인 게 아니라 가슴에 여운이 남는 행복이기에 어디서 찾아야 할지 막연해진다. 오롯이 혼자만 느낄 수 있는 행복을 찾고 싶어 한다. 독서를 통해 그 행복을 만끽해 보자.

책은 즐거움을 얻기 위해서 읽기도 하고, 지식과 지혜를 찾기 위해서 읽기도 하고, 교양 함양을 위해서 읽기도 한다. 좀 더 구체적으로 말하면 마음의 아픈 상처를 치유하고 즐거움을 얻기 위해서 읽기도 하고, 직장과 사업에서 필요한 실용적인 정보와 지식을 구하기 위해서도 읽고, 문화인의 교양 함양이나 품격을 높이기 위해 읽기도 한다. 이렇게 다양한 이유가 있다는 것은 책이 주는 가치가 무궁무진함을 말해 준다.

하지만 책을 읽는 목적이 현실적인 상황에 맞추기보다는 자신의 삶 전체를 내다보고 독서할 때의 방향 또는 궁극의 목적을 찾아야 한다. 정보를 찾고, 기술을 습득하고, 감정을 치유하는 소의의 목적이 아니라, 책을 통해 얻고자 하는 자신의 궁극적 목표를 의미한다. 평생학습을 하지 않으면 자신의 현재마저도 위협받고 꿈마저 잃을 수 있다. 불행한 시절을 대비하는 공부로서의 독서와 꿈을 이루기 위한 과정으로서의 독서를 해야 한다.

"목적이 없는 독서는 산책이지 학습이 아니다"라는 B.리튼의 말처럼 목적이 분명하지 않는 독서는 휴식은 줄 수 있지만 삶의 변화를 바라기는 어렵다. 책을 읽어도 남는 게 없고 재미가 없는 이유가 목적이 희미하기 때문이다. 재미있겠지, 도움이 되겠지, 이렇게 읽다 보면 뭔가 한 순간 바뀌는 계기가 있을 거라는 막연한 기대로 하는 독서보다는, 자신의 꿈을 이루고 현실을 변화시킬 수 있는 구체적인 독서가 되어야 몇 갑절의 유익을 얻을 수 있다는 점을 명심하자. 자신의 독서 목적에 잘 맞는 책을 읽는 것이 자신을 성공으로 이끄는 최고의 방법이다. 좋은 책이 좋은 일을 만들어준다.

6

좋은 책이 주는 보너스

우리 몸의 70%를 차지하고 있는 물 한 방울을 간과할 수 없는 이유는 인간의 생명과 연관돼 있기 때문이다. 공기 또한 마찬가지다. 그러나 우리가 꼭 필요하다고 생각되는 공기 아니면 물 한 가지만 국한해 정보를 습득한다면 어떻게 될까. 단편적 지식으로는 살아갈 수 없는 게 현실이다. 인간은 홀로 사는 존재는 아니다. 동족의 인간들뿐만 아니라 동물과 식물, 그리고 공기, 먼지, 물 등의 만물들과 함께 살아가는 존재다. 이 모든 분야에 관심을 갖고 흥미롭게 알아가는 것이 좋다.

우리가 잘 알다시피 쥐의 벼룩에서 옮겨온 페스트 병은 중세 유럽 인구의 30% 정도를 죽음에 이르게 했다. 눈에 보이지 않는 균이 자연에서 무소불위 인간을 삼킨 것이다. 생물과 인간의 상관관계나 연관성을 보다 깊이 알았더라면 수많은 생명을 살릴 수 있었을 것이다. 너무 포괄적인 예를 든 것 같지만 우리 생활에 하나의 지식만 가지고 해결할 수 있는 문제점은 없다. 밥을 먹는 것부터 직장에서 일하는 것, 공부하는 것 등 모든 것들이 지식 대 지식으로 결합돼 있다. 이런 점에서 책의 중요성이 더욱 부각된다. 사고력이 높아지고 세계관이 넓어진다는 것은 삶의 문제들을 해결하는 힘이 강해진다는 것이다. 또한 문제해결 능력은 인생을 살아가는 힘이 된다. 바로 이런 능력들을 향상시키기 위해서 독서를 하는 것이며, 그 힘을 독서력이라고 부른다. 독서력은 문제를 해결하는 힘 또는 살아가는 힘이라고 말할 수 있다.

독서력을 단순하게 책을 읽는 능력으로 생각하는 사람은 독서의 본질을 아직 이해하지 못하고 있는 것이다. 독서는 인생을 잘 살게 하기 위해 읽는 것이다. 물에 대한 책이 자신과 전혀 상관없다고 말할 수 없다. 어디에도 쓸모없는 쥐라고 해서 우리는 무관심으로 일관하여 살 수 없다. 어느 분야라도 조금씩 관심을 갖고 책을 읽는다면 대처할 능력이 길러진다. 결국 통찰력과 사고력을 높이는 것이고 궁극에는 문제해결 능력과 살아가게 하는 힘을 강화시켜 주는 것이다.

독서력이 낮아도 괜찮다고 생각하는 것은 위험하다. 처음에는 즐거움으로 읽었지만 어느 수준에서는 즐거움만으로는 만족하지 못하는 것이 독자다. 한 마디로 독자는 간사하다. 아니 인간의 본성이 그렇다. 책을 읽을 때의 성취는 대부분이 깨달음에서 온다. 깨닫는다는 것은 몰랐던 것을 이해하거나 이해할 수 있는 능력을 얻었다는 의미이다. 책을 읽을 때의 기쁨은 대부분 몰입의 과정에서 나오는 즐거움인데 엇비슷한 수준의 책과 같은 분야의 책만 읽는다면 몰입의 감정을 갖기가 어렵다. 또한 몰입의 감정은 성취하는 과정에서 나온다. 그러므로 몰입이 없는 독서는 깨달음도 없고 자신에게 전혀 도움이 되지 않는 독서라고 말할 수 있다.

자신의 수준보다 한 단계 높은 책을 읽어보자. 논리력과 다른 것들도 마찬가지로 좀 더 수준 높은 작가의 책을 선택해서 읽다 보면 처음에는 이해 안 가는 것이 어느 순간 손에 잡히게 된다. 처음에 그런 책을 읽으려면 좀이 쑤시고 백 번도 넘게 책장을 닫고 싶은 충동도 느낄 수 있다. 이해가 잘 안 되니 재미는커녕 자신의 능력 부족이 새삼 원망스럽다는 생각도 든다. 그래도 포기하지 말고 인내를 갖고 읽어야 한다. 한 단계 정도는 충분히 극복할 수 있으므로 집중력을 갖고 읽는 것이 중요하다. 영어에서 말하는 'No pain no gain' 법칙이 그대로 적용되는 곳이 독서이다. 그것이 배움의 과정이자 독서의 길이다. 이런 과정을 되풀이 하다 보면 어느 순간 이해가 되며 즐거움이 다가올 때가 있다.

책의 내용이 이해되는 순간이 몰입의 즐거움도 시작된다. 몰입의 즐거움이란 쉽고 편하게 얻어지는 것이 아니다. 자신이 잘 아는 내용이나 자신 있는 일에서는 맛볼 수 없는 기쁨이 몰입이다. 한 단계 높은 수준의 일을 할 때 오는 기쁨이자 성취의 희열을 맛보며 더욱더 매진하고 정진할 수 있도록 돕는다. 단연코 비슷한 수준의 책에서는 몰입의 기쁨이 없다.

주변에 책을 많이 읽는 사람들이 더러 있다. 그들이 읽는 책을 보면 가끔 존경심이 저절로 나온다. 존경심이 드는 이유 하나는 자신과 전혀 상관없는 분야의 책을 읽는다는 것이고, 또 다른 것은 책의 내용과 수준이 한 차원 높다는 점이다. 보고 싶은 책만 읽고 좋아하는 분야만 주로 읽는 사람에게는 이상하게 보일런지도 모른다. 굳이 필요하지도 않을 것 같은 책을 읽고 머리 아프게 고생하며 읽을 필요가 있느냐는 말이다. 해야 할 일도 많은데, 적당히 교양 생활에 필요한 기본서만 읽고 즐기는 독서가 최고라는 생각이다. 물론 독서의 개념을 기본 교양 함양과 즐거움, 휴식 정도로만 생각한다면 큰 문제가 없다.

많은 독자들이 이 정도 선에서 독서와 타협하고 사는 게 현실이다. 그런데 자신과 무관하다고 생각되는 분야의 책을 읽고, 좀 더 어려운 책을 읽는 사람들 중 대다수에게 공통점이 있다. 그들에게는 사물, 상황 그리고 인간을 꿰뚫어보는 통찰력이 있다는 점과 상황 판단을 정확히 할 수 있는 사고력을 갖추고 있다는 점이다. 그리고 어느 대화의 주제가 나와도 이야기의 흐름을 끊지 않을뿐더러 적극적으로 관심을 표시하여 대화를 나눌 수 있다는 점이다. 그들은 본질을 깨달아 알게 하는 통찰력과 생각하고 판단하는 사고력, 내면의 힘인 자아강화는 독서를 하면 저절로 얻게 되는 부산물이다.

혁명가인 칼 마르크스가 "인간적인 것 가운데 나와 무관한 것은 없다"라고 말한 것처럼 어떤 책도 자신과 상관없거나 필요 없는 책은 없다. 단지 사촌인지 팔촌인지 거리의 문제다. 확실한 답을 얻는 과학과, 추상적인 물음표만 던지는 인문학은 전혀 관계가 없을 것 같지만 요즘 '통섭'과 '융합'이라는 화두로 온 세상을 흔들고 있다. 이것은 사고의 확장이자 세계관의 확장을 의미한다. 자신의 능력이 증대되고 문제해결 능력이 높아진다는 것을 의미하기도 한다.

과학도가 찰스 디킨스의 『위대한 유산』과 도스토예프스키의 『카라마조프가의 형제들』을 읽는다면 사고력, 논리력에 추리력, 상상력이 더해져 통찰력을 기를 수 있다. 이런 능력들을 기르기 위해선 책을 편독하지 않고 골고루 분야에 관계없이 읽어야 한다.

종합해 보면 독서력이란 책을 읽고 이해하는 능력인 동시에 책을 계속 읽게 하는 힘을 말한다. 책을 읽는 힘인 독서력은 사고력, 논리력, 추리력 그리고 상상력 등이 포함된다. 자신의 한계라고 여겼던 범위 밖으로 사고를 확장하는 일이고, 경험과 이성적인 방법으로 문제를 풀어가는 논리력을 높이는 것이다. 그리고 간접 경험을 바탕으로 알지 못하는 것을 상상력과 추리력을 동원하여 생각하는 힘을 충전할 수 있다.

점진적으로 좋은 독서를 하기 위해서는 독서력을 키워야 한다. 자신보다 독서력이 높은 책을 읽는다는 것은 상상력과 사고력을 향상시키는 행위이며 좋은 책을 읽는다는 것은 자신의 독서력을 올려주는 책을 읽는다는 말과 같다. 사물의 본질을 정확히 꿰뚫어보는 혜안, 통찰력이 있어야 가능한 것이다. 통찰력 또한 위의 사고력, 논리력, 상상력과 추리력이 궁극적으로 통합되는 과정에서 생겨나는 능력이다. 결국 책을 읽고 키운 통찰력이 문제해결 능력을 높여주고 살아가는 힘을 준다. 독서력은 책을 읽는 능력이 아닌 살아가는 힘이 되는 셈이다.

7 자신이 읽고 싶은 책을 읽어라

　여름이 가까워지면 헬스클럽이 붐빈다. 아무래도 노출이 있는 옷을 입어야 하기 때문에 그전에 몸을 만들려는 것이다. 체중 감량을 목표로 하는 사람들은 정해진 시간에 운동하고 규칙적인 식사를 한다. 좋은 몸매를 만드는 일은 고통과 인내를 담보해야 한다. 비가 와도, 추위가 닥쳐도 새벽 이른 시간에 헬스클럽에 나가 무거운 역기를 들고 런닝머신을 달린다. 남들이 부러워하는 육체미와 아름다움은 그냥 주어지는 것이 아니다. 그 뒤에는 수많은 인내와 고통의 눈물이 함께 내포되어 있다. 며칠만이라도 게으름을 부리면 몇 달 동안 힘들여 다져온 근육들이 온데간데없이 사라지고 만다.

　독서도 마찬가지다. 지식의 소양은 한두 권의 책을 읽는다고 생겨나는 것이 아니다. 의자에 앉아 책과 씨름하며 인고한 시간의 열매이다. 항상 손에 책이 붙어 다녀야 한다. 책을 좇아다니는 것이 아닌 책이 붙어 다니는 한 몸 같은 존재가 되어야 진정한 독자가 될 수 있다. 독서는 취미가 아니라 습관이다. 일정한 규칙을 가지고 책을 읽어야 몸에 길들이기가 쉽다.

　이제 막 운동을 시작한 사람은 집에서든 회사에서든 몸만들기에 대한 생각이 떠나지 않는다. 밥을 먹을 때도 칼로리를 생각하고, 걸을 때도 바른 자세로 걸으려고 노력한다. 흐트러진 몸을 곧추세우며 행동 하나하나에 신경을 쓴다. 이렇듯 독서도 시시때때로 책을 떠올려야 한다. 책을 자신의 몸에 맞게 길들이는 방법은 쉽다. 언제 어디서든 펼치기만 하면 된다. 눈길을 주기도 쉽고 가까이 하기도 쉽다. 마치 사랑하는 사람과 늘 옆에 있고 싶은 것처럼 책을 사랑하면 우리에게 즐거움을 준다. 그런데 이런 기쁨을 제대로 맛보려면 좋은 책을 읽어야 한다. 운동이든 독서든 의욕이 앞서 초보임에도 불구하고 높은 단계를 선호하다 보면 제풀에 지친다. 자신이 쉽게 접근할 수 있는 것부터 차근차근 밟아가야 한다.

　헬스클럽에서 몸을 만들기 시작하면 작심삼일의 벽에 가로막힌다. 그리고 시간이 지날수록 더 무거운 기구들을 들어 올려야 하고 더 많은 시간을 투자해야 처음에 근육이 붙어났던 것만큼 기쁨을 느낄수 있다. 한 번 들 때마다 고통이 느껴지는 상황에서는 한여름 멋진 해변에서의 몸 자랑은 이내 꿈일 수밖에 없다. 독서도 마찬가지다. 갖가지 독서의 이로운 점을 알고 있다고 하더라도 과정이 힘들면 포기하기 쉽다. 독서 습관이 들기 전에 포기하는 건 무척이나 쉽다. 그러나 다시 책을 잡기는 처음 도전했을 때보다 몇 배는 더 힘들다.

　헬스클럽에서 마지막까지 살아남는 사람은 두 부류다. 하나는 목표가 분명해 어떤 일이 있어도 몸을 만들어야 하는 사람이다. 보다

빌더나 남들에게 보이는 직업을 가진 경우가 그렇다. 다른 하나는 역기를 들고, 런닝머신을 뛰는 일을 즐거움으로 느끼는 사람이다. 그들은 운동을 고통으로 생각하지 않고 자신의 건강을 도와 줄 귀한 축복의 도구로 생각하는 사람이다.

책을 가장 많이 보는 부류는 작가나 전문 분야를 공부해야 하는 목적이 있는 사람들이다. 또 다른 부류는 책의 매력을 아는 사람들이다. 습관처럼 혹은 즐거움으로 책을 손에 드는 것이다. 책에서 얻는 즐거움은 의무가 아니라 본능에서 나온다.

좋은 책은 즐거움이 있고 또 다른 책을 읽고 싶다는 욕심을 만들어준다. 읽는 즐거움이 쌓이고 독서 탐욕이 자라나면 습관이 된다. 독서의 특별한 방법이나 기술은 없다. 독서 습관이 생기면 모든 게 해결된다. 속독과 정독의 장·단점을 알게 되면 스스로 책의 종류와 목적에 따라 읽게 된다. 특히 다독과 정독의 중요성을 두고 대립하는 의견을 자주 보는데, 소경이 코끼리의 특정 부분만을 만지고 각자 다른 주장을 하는 것과 같다. 책을 읽는 이유는 멀리서도 코끼리의 모든 것을 세밀하게 볼 수 있는 통찰력을 기르는 데 있다.

자신이 읽고 싶은 책이 어떤 것인지도 알아야 한다. 쉽게 설명하면 마음이 움직이는 대로 책을 선택하는 방법이다. 울고 싶을 때는 함께 울 수 있는 책을 고르고, 사방이 어둡고 꽉 막힌 기분이 들 땐 역경을 이겨내고 훌륭한 삶을 살다 간 위인들의 전기를 읽으면 된다. 마음이 움직인다고 감정만을 위한 책을 선택하는 것은 아니다. 감정뿐만 아니라 필요에 의해서도 마음은 움직이기 때문이다. 장사의 노하우를 배우고자 하는 마음이 있다면 그 분야의 섹션으로 가서 맞는 책을 고르면 되고, 인간관계에 어려움을 극복하고 싶다면 저절로 자신이 인문학 쪽으로 이끌려 간다. 그 앞에서 백 년의 고전이 된 데일 카네기의 『인간관계론』을 자신이 선택할 수 있게 된다. 읽고 싶은 책은 마음이 움직이는 책이다. 감정이 마음을 움직일 수도 있고, 필요에 의한 감정일 수도 있다.

책은 두 종류로 나눌 수 있다. 자신이 읽고 싶은 책과 읽어야 할 책이다. '읽고 싶은 책'은 자신의 마음속에서 우러나는 본능적인 욕구이다. 자의적인 마음으로, 관심과 호기심으로 시작하고 흥미롭고 재미있게 읽을 수 있는 책이다. 반면, '읽어야 할 책'은 남들의 시각과 관점에서 읽어야 하는 책으로서 의무감을 준다. 읽지 않으면 교양인이 될 수 없고 말할 자격도 없는 것처럼 여겨진다. 무거운 부담감이 존재한다. 소위 '권장도서'나 '추천도서'라는 미명하에 문화 권력을 휘두르는 것들이다. 대학이나 언론의 주도하에 이루어지는 신종 권력형 비리이다. 책들의 목록을 보고 있노라면 과연 그 책들을 읽을 수 있는 학생이나 시민들이 얼마나 될까, 하는 의구심이 든다. 독서 상위 5%는 들어야 읽을 수 있는 책들이 대부분이다.

물론 복표와 꿈은 크게 가질수록 좋다. 하지만 이럴 때 필요한 단어가 '과유불급'이 아닌가 싶다. 지나치면 모자람만 못하다. 독서 계몽을 위한 전략이 책으로부터 등을 돌리게 만들 수 있다. 기준을 살짝 낮춰 상위 30% 정도는 소화할 수 있는 구성이었으면 좋겠다는 생각을 해보았다. 질 대신 양을 늘려 다양한 분야를 알게 하고 통섭의 문화가 자리 잡을 수 있도록 하는 게 국가의 백년지계를 위한 시발점이 아닌가 생각한다. '꼭 읽어야 할 책'은 제목에서 느껴지는 것처럼 의무감이라는 짐이 있다. 의무감이나 고통이 아닌 즐거움과 꿈이 있는 독서를 해야 계속할 힘이 생기고 얻는 것도 많다. 그래서 '읽어야 하는 책'이 아닌 '읽고 싶은 책'을 읽어야 한다. 당연히 자신이 읽고 싶은 책이 좋은 책이다. 여기서도 무조건이란 공식은 성립되지 않는다. 꼭 읽어야 할 책은 있기 마련이다. 다만 책을 읽는 습관이 배길 때까지는 잠시 멈추고 읽고 싶은 책을 읽기를 권한다.

혹자는 읽고 싶은 책만 읽어도 괜찮을까, 하고 걱정을 한다. 걱정은 잠시 내려놓고 책을 읽으라고 말하고 싶다. 독서는 시작이 중요하다. 책의 맛을 알면 지적 호기심도 덩달아 늘어난다. 맛있는 음식도 자주 먹으면 질리는 것처럼 책도 마찬가지다. 소설이 좋았다가 고전 인문학으로 넘어가기도 하고, 인문학만 좋아하다 자기계발서에서 희망을 찾는 사람도 있다. 기호가 바뀌는 것이다. 습관이 밸 때까지는 걱정 말고 읽고 싶은 책을 읽으면 된다. 누구든 자신에게 도움이 되는 책을 읽고 '읽고 싶은 책' 목록에 넣기 때문이다. 마지막으로 사무엘 존슨의 명언을 들어보자.

사람은 자신이 읽고 싶은 책을 읽어야 한다. 우리들이 일거리처럼 읽은 책은 대부분 몸에 새겨지지 않기 때문이다.

그렇다. 억지로 읽은 책은 책장을 덮고 뒤돌아서는 순간 잊어버린다. 몸에 새기지 못하고 아까운 시간과 돈만 버리는 셈이다. 그동안 어떤 책을 읽어야 할지 고민했다면 오늘은 읽고 싶은 책 한 권을 읽으면서 독서 습관을 들이고 즐거움을 누리길 바란다.

8 좋은 책은 아무것도 요구하지 않는다

　　성당의 종소리가 은은하게 들려온다. 눈을 감으니 근심, 걱정, 초조한 마음이 눈 녹듯이 사라지고 마음이 평온해진다. 성당의 종소리는 달동네의 다락방에서 늦잠을 자는 장 프랑스와 밀레의 단잠을 깨우고 멀어져간다. 그는 느지막이 일어나 어제 해질 녘 본 풍경을 떠올린다. '이삭 줍는 여인들' 추수가 끝난 황금빛 들판에서 이삭을 줍고 있던 여인들의 고된 삶 속에 담긴 평온. 그는 당장 그 모습을 그리기 시작한다. 장 프랑스와 밀레는 고즈넉한 평온과 엄숙한 삶의 모습을 화폭에 담아낸다. 그의 작품에서는 고요하고 평안한 마음을 표현하는 평화가 살아 숨 쉰다. 엄청난 크기와 강도를 가진 철광석이 용광로에서 액체로 바뀌는 것처럼 세상의 모든 근심, 걱정, 고통, 절망 같은 아픔이 이 온전한 빛에 사르르 사라진다. 평온은 함박눈보다 부드럽고 강철보다 강하다.

　　우리는 책을 읽으며 평온을 느낄 수 있다. 독서의 평온함은 외적인 평온만 있는 것이 아니라 내적인 평온까지 준다. 참 평온이자 행복이다. 책을 읽으면, 감정의 문이 열리고 혼탁한 마음이 씻기어 나가고 맑은 호수 같은 마음이 들어온다. 사람에게는 누구나 외부에서 오는 어려움이 있고 해결해야 할 문제들이 많다. 이런 문제들이 마음대로 되지 않을 때, 혹은 어떻게 풀어야 할지 막막할 때 근심, 걱정, 불안의 감정이 생긴다. 그와 동시에 마음의 평온은 깨져버린다. 평온은 자신의 내면과 외부 상황을 통제하는 데서 나온다.

독서를 하다 보면 어느 순간 깊은 산속의 맑은 호수처럼 마음이 잔잔해지고 평온한 상태에 이르곤 한다. 마음이 정화되어 느껴지는 카타르시스와는 조금 다르며 깊고 넓은 평온함이 찾아온다. 온몸이 우주와 하나가 된 듯하고 사람과 사물이 모두 아름답게 보인다. 카타르시스가 있고, 희열이 있고, 평화가 있고, 삶의 에너지가 넘쳐나는 상태다. 이런 평온함은 책 외에는 얻을 수 없는 감정이다. 손에서 책을 놓지 못하는 이유이다.

아인슈타인 이후 최고의 과학자라고 불리는 스티븐 호킹 박사는 그의 자서전 『나, 스티븐 호킹의 역사』에서 자신의 성장과정과 좌절, 극복을 솔직하고 담백하게 그려냈다. 그는 어렸을 때부터 뛰어난 능력을 발휘하고 옥스퍼드 대학시절에는 자연과학 분야의 최우등 학위를 받고 졸업했다. 이런 천재에게 불행이 다가왔다. 그의 나이 21세, 옥스퍼드 대학교 졸업반이었을 때 계단에서 굴러 떨어지는 어이없는 사고를 당한 것이다. 그로 인해 루게릭병이라 불리는 근위축성측색경화증이라는 희귀병을 앓고 있는 사실을 알게 됐다. 그는 천

당에서 지옥으로 떨어지는 경험을 했다고 한다.

그는 절망과 자포자기로 실패한 인생을 살 만도 한데도 불굴의 의지로 최고의 과학자가 되었다. 그를 위대하게 만든 것은 빅뱅이나 블랙홀 같은 이론이 아니라 감당 못할 삶을 위대한 삶으로 바꾼 그의 정신에 있었다. 이런 그의 인생을 덤덤하게 쓴『나, 스티븐 호킹의 역사』는 읽는 이에게 잔잔한 감동을 주고 평온을 준다. 스스로 감사함을 알게 하고 의지적인 인물을 보면서 울컥하는 감동을 받는다. 이렇게 우리는 책을 통해 카타르시스를 경험하고 지혜를 얻는다. 이것은 바로 독자들에게는 내일을 살아갈 자양분이 된다. 또한 개인에게 주어지는 꿈과 희망은 모든 것이 다 갖춰진 상황에서만 만들어지는 것이 아니라 지극히 고단하고 힘들 때 오는 절박함이라는 것도 배운다. 자신을 옭아매고 힘들게 하는 모든 감정과 상황들을 통제할 수 있는 힘이 생기는 것이다.

평온함을 주는 것이 마음에만 해당하는 것은 아니다. 독서는 실질적인 문제해결을 위한 실마리를 제공한다는 데 중요함이 있다. 자신이 맡은 직무에서 예상치 못한 문제를 만나더라도 당황할 필요가 없다. 돌팔이 의사에게 처방을 받으러 동분서주할 필요도 없다. 단지 조용한 방에서 관련 책을 읽고 사색을 통해 문제를 해결하면 된다. 쉽고 빠르게 찾아가는 방법을 모를 뿐이지 모든 해결의 실마리는 책에서 찾을 수 있다. 문제를 해결했을 때의 평온함이란. 자신의 불안, 근심, 걱정의 감정을 몰아낸 것이고 당당하게 사회생활을 할 수 있는 능력을 얻는 것이다. 이것이 진정한 독서가 주는 평온함이다.

무엇을 통제한다는 것은 해결한다는 의미와는 차이가 있다. 인생에는 수많은 문제가 있다. 끝도 없이 밀려드는 고해의 파도가 있다. 모든 문제들을 완벽하게 풀고 사는 것은 인간의 영역이 아니라 신의 영역이다. 우리가 할 수 있는 최선의 방법은 상황들을 통제할 수 있는 힘을 기르는 것이다. 통제할 수 있다는 것은 마음의 준비를 할 수 있다는 의미이다. 당황하지 않고 침착하게 대응할 수 있는 안정감을 주는 것이다. 안정감은 평화를 주고 문제를 해결할 수 있는 능력을 준다. 이때의 안정감과 평화는 오롯이 독자의 평온함이 된다. 이런 통제할 수 있는 힘을 기를 수 있는 곳이 수많은 책의 세상이다.

좋은 책은 항상 우리에게 무언가를 주면서도 정작 자신은 아무것도 요구하지 않는다. 책은 우리가 듣고 싶어 할 때 말해 주고, 우리가 피곤을 느끼면 침묵을 지켜준다.

파울 에른스트는 좋은 책에 대해 이렇게 정의했다. 좋은 책은 자신을 잘 알고 이해해 주며, 포근히 감싸주는 연인 같은 아름다운 존재라는 것이다. 평온함은 마냥 유지되는 것이 아니다. 비행기는 하늘을 날 때 다니는 길이 있다. 지상 10-50km 사이에 있는 성층권이 비행 항로가 된다. 그곳은 온도에 따라 위, 아래로 움직이는 대류 현상이 없다. 기상 현상이 일어나지 않는 곳이다. 바람, 습도, 구름, 비 등 기상 요소가 없는 평화로운 곳이다. 비행기를 타면 구름이 아래

책은 망치다

깔려 있고 일정한 높이에서는 눈과 비가 없는 이유이기도 하다. 비행기는 안정된 길을 다니기 위해 많은 에너지를 소모한다. 독서의 평온함도 마찬가지다. 끊임없이 좋은 책을 읽어서 에너지를 얻어야 한다. 이처럼 평온함을 주는 책이 자신에게 맞는 책이며 좋은 책이다.

책이 내 삶 속에
스며들다

도서관을 주로 이용하다 보니 서점에서 감지되는 역동성을 잃어버리곤 한다. 화려한 표지가 너울거리듯 춤을 추고, 금방 나온 신간의 뜨끈한 열기를 내뿜는 현장이 그리울 때가 있다. 작년이나 올해나 변한 것 없이 언제든 그대로인 도서관과는 달리 서점에는 하루가 멀다 하고 수십 종의 신간도서가 진열되고 그만큼의 책들이 사라져간다.

책 한 권마다에는 작가의 영혼이 담겨 있고, 땀방울이 스며들어 있고, 인고의 시간이 글자로 새겨져 있지만, 독자의 선택을 받지 못하는 책들이 부지기수다. 작가는 심혈을 기울여 쓰고 출판사는 각고의 노력 끝에 출간하지만 책의 운명은 오롯이 독자들의 손에 달려 있다. 심지어 세계적인 작가의 번역서들도 이름도 없이 사라지는 경우도 셀 수 없다. 그렇다면 운명의 신은 어떤 기준으로 이 책들의 생사화복을 판단하는지 궁금하다. 오랫동안 살아남아 독자의 영혼을 사로잡는 고전 명작들은 어떤 연유로 수백 년 아니 수천 년의 세월을 이겨낸 것일까.

　바로 삶의 본질을 담았기 때문이다. 시대와 문명의 정도는 다르지만 인간의 본질은 변하지 않는다. 고전을 읽으면 영혼이 치유되고 정신이 밝아지는 것은 삶의 본질을 훤히 밝혀주는 진리가 책 속에 담겨 있기 때문이다. 변하지 않는 불변의 진리가 있고 인간답게 살 수 있도록 이끌어주며 사회나 개인의 삶을 통찰하게 도와준다. 이는 고전의 중요성을 역설하는 이유이기도 하다.

　그렇다면 현대의 책들 중 시간이 흐르면 고전으로 될 수 있는 책, 모두가 인정하는 좋은 책은 어떤 조건을 가지고 있을까. 고전처럼 좋은 책은 책 속에 담긴 정신이 살아 움직일 뿐 아니라 독자를 움직이게 만들고, 세상을 보는 시야를 넓혀주어 바른 모습으로 돌아가게 만든다. 물론 국가의 헌법과 법규들에 의해 나라가 움직이고, 유교와 기독교 등의 교리들이 사회의 규범이 되어 이끌어가지만 작게는 개개인이 읽은 책의 영향에 의해 구성원들이 행동하고 정신적 가치를 추구하기에 사회나 국가가 법을 개정할 수 있는 것이다. 이처럼 책은 고요한 묘지의 송장이 아니라 지금도 힘과 권력을 가지고 살아 움직이는 것이라고 할 수 있다.

　이런 점에서 살펴보면 살아 움직이는 책이란 현실에 적극 반영되거나 자신의 삶 속으로 침투할 수 있는 능력을 가진 책이다. 바꾸어 말하면 우리의 삶을 지배하고 이끌어가는 실존 권력을 가진 책을 의미한다. 시간과 공간의 구분 없이 살아 있는 책은 자신의 삶에 영향을 끼칠 뿐만 아니라 사회에도 반향을 미친다. 고전과는 다르게 대부분의 분야에서는 살아 움직이는 책을 분별하기가 쉽지 않다. 그것을 볼 수 있는 혜안이 독서력이다.

베스트셀러라도 이내 사라지는 이유는 책에 생명력이 없기 때문이다. 책 자체에 생명이 있느냐 없느냐와, 타인과 사회 속에서 살아 움직이는지의 여부가 좋은 책의 선택 기준이 된다. 죽은 책은 아무리 많이 본들 뿌듯함만 존재하고 허장성세만 부리는 현학적인 책 읽기가 된다.

살아 숨 쉬는 책을 발견할 수 있는 독서력이 필요하다. 독서력에 관한 책을 읽는다고 책을 읽는 힘이 생기지 않는다. 얼마나 열심히 책을 읽고 사색을 했느냐에 따라 독서력이 생긴다. 이것저것 이해가 안 되면 많이 읽는 것이 답이다. 양질전환의 법칙이 그대로 적용되는 곳이 독서이기 때문이다. 시간이 많이 걸린다고 투덜댈 수도 있지만 남이 알려주는 것은 온전히 자기 것이 될 수 없다. 시간과 노력, 그리고 인내의 고통이 열매를 맺는다는 진리는 언제나 유효하다. 다만 처음에는 일정한 독서 수준에 이른 사람이나 전문가들의 서평에 도움을 받아 스스로 선택하는 방법을 써보면 좋다. 고전처럼 스테디셀러는 생명력이 있음을 이미 검증받은 책들이니 맘껏 즐겨도 좋다. 그래도 선택에 사신이 없다면 도서관에 있는 책을 읽으라고 권하고 싶다. 책에 관한 전문 사서들이 선택하고 판단해서 들여오는 것이므로 좀 더 쉽게 선택할 수 있고 선택에 실패할 확률도 적다.

과학서나 실용서는 생명력이 짧다. 인류 최고의 천재 과학자인

책은 망치다

아이작 뉴턴의 명작 『프린키피아』는 이미 사장된 지 오래됐고, 정보 과학 서적은 일 년을 넘기지 못하고 사망하는 경우가 태반이다. 책으로 펴내는 순간에도 과학은 숨 가쁘게 발전하기 때문이다. 일반 교양 서적도 마찬가지다. 세계 각지의 번역서들이 쏟아지고 현존 작가들의 책도 날마다 출간되는데 그 중 하나둘은 반짝 인기를 끌고 사라지겠지만 나머지는 작가와 출판사만 그 책의 존재를 알 뿐이다. 이런 상황이다 보니 독자들이 책을 선택하는 데 있어서 주의를 기울여야 한다. 물론 읽으면 도움이 안 될 책은 없을 것이다. 하지만 쉽게 얻은 것은 쉽게 없어지는 것이기에 신중하게 확인하고 선택해야 한다. 아까운 시간과 노력을 바친 책 읽기가 힘이 되기는커녕 오히려 잘못된 지식이나 과거의 지식만 얻는 상황이 발생할 수도 있다. 『북회귀선』으로 유명한 미국 작가 헨리 밀러도 그런 점을 알고 있었다.

살아 있는 책이란 탐욕스럽게 모든 것을 삼켜버리지 않으면 안 되는 정신에 의하여 몇 번이나 한없이 무찔러온 책을 말한다. 활활 타오르는 정신의 불꽃에 불이 당겨질 때까지 아직 그 책은 우리에게 죽은 것과 같다.

좋은 책은 현실에서 살아 있는 생물처럼 세상을 이끌어간다. 인간과 세상을 격리시키지 않고 현실에 적용되어야 한다. 또한 독자에게 생명력 있는 힘을 부여해야 한다. 꼭 책 한 권이 아니더라도 한 줄의 문장이 그런 힘을 발휘하기도 한다. 수년 전 읽은 황석영의 『바리

데기』속 문장은 아직까지 내 삶 속에서 꿈틀거린다.

육신을 가진 자는 누구나 살아가면서 지상에서 이미 지옥을 겪는 거란다. 미움은 바로 자기가 믿은 지옥이란다. 신은 우리가 스스로 풀려나서 당신에게 가까이 다가오기를 잠자코 기다린다.

좋은 책은 살아 움직이지만 생명력을 불어넣는 것은 독자다. 독자는 책에, 책은 독자에게 생명의 온기를 불어넣어야 한다. 이것은 일방통행이 아니라 악어와 악어새와 같은 공생의 관계다. 살아 움직이는 책을 많이 읽을수록 자아성장이 빠르고 세상을 보는 통찰력이 커진다. 그렇고 그런 책이 아니라 살아 숨 쉬는 좋은 책을 읽는 습관이 필요하다.

좋은 책은 살아 움직이는 책이다. 이 책 또한 생명력을 얻어 독자들의 삶에 도움이 되기를 희망한다.

세상에서 가장 아름다운 책

시인들의 산문집

가슴이 횅한 느낌이 들 땐 산문집을 읽는다. 일정한 틀 없이 마음 가는 대로 쓴 책이 산문집이다. 이 속에는 일상에서 일어나는 느낌이나 체험을 쓴 에세이도 포함된다. 산문집이 좋은 이유는 자신의 상황이나 감정에 따른 다양한 책을 쉽게 읽을 수 있기 때문이다. 특별히 다를 것 없는 일상이어서 공감할 수 있고, 작가의 진솔한 이야기를 들을 수 있다. 한때는 산문집에 빠져 도서관을 헤맨 적이 있다. 글에 공감하고 감정을 치유하는 데는 최고의 책이 산문집이다. 가볍지만 울림이 있는 책이다. 소설가도 철학자도 예술가도 음악가도 시인도 그리고 일반인도 편하게 쓸 수 있는 글이다. 산문집은 현실과 문학을 이어주는 징검다리이기도 하고, 편히 읽을 수 있다는 장점이 있다. 소설가의 산문집은 소설이 아닌 현실이라는 데 가치가 있다. 철학자의 업이 본질을 탐구하는 것이듯 그들의 산문집은 일상의 가치를 알려주어서 좋다. 예술가들의 산문집은 그들의 고단한 삶이 예술로 승화되어 있다. 그리고 수많은 일반인들의 진솔한 삶이 있기에 어떤 책을 읽어도 가슴이 따뜻해진다.

필자는 그 중에서도 시인들의 산문집을 가장 좋아한다. 세상에서 가장 아름다운 책이 있다면 단연 시인들의 산문집일 것이다. 소설가는 한 장의 원고를 한 권으로 만드는 힘이 있지만, 시인은 그와 반대로 한 인생을 한 줄로 정리하는 사람이다. 압축되어 있던 힘이 터져 나오는 곳이 바로 산문집이다. 시는 이해할 수 없지만 그들의 산문집은 너무나 아름답다. 마리아 릴케의 산문집이 아름답고, 도종환, 안도현, 정호승, 신달자 시인의 산문집이 그렇다. 오랜 내공으로 한 글자 한 글자에 삶이 담겨 있고 치유의 힘이 들어 있다.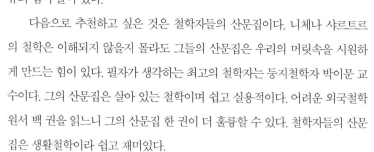

다음으로 추천하고 싶은 것은 철학자들의 산문집이다. 니체나 샤르트르의 철학은 이해되지 않을지 몰라도 그들의 산문집은 우리의 머릿속을 시원하게 만드는 힘이 있다. 필자가 생각하는 최고의 철학자는 둥지철학자 박이문 교수이다. 그의 산문집은 살아 있는 철학이며 쉽고 실용적이다. 어려운 외국철학 원서 백 권을 읽느니 그의 산문집 한 권이 더 훌륭할 수 있다. 철학자들의 산문집은 생활철학이라 쉽고 재미있다.

　책은 망치다. 자신의 작고 못난 그릇을 깨는 도구일 뿐만 아니라 자신을 명품으로 만들어주는 연장이다. 무엇보다도 자신의 능력 밖이라고 여겼던 생각의 한계를 깨준다. 책을 읽는 근본적인 목적은 자신의 변화이다. 변화에는 고통과 노력이 동반되어야 한다. 기존의 고정관념이나 습관을 깨뜨리지 않으면 새로운 가치관은 생기지 않는다. 자신을 옭아맸던 굴레를 책의 망치로 깨는 것에서부터 자신의 두 번째 인생이 시작된다. 고정관념과 타성에 젖어 살아가는 사람들에게 진정한 자아를 찾게 하고 희망을 주는 것이 책이다. 또한 자신의 무한한 잠재능력을 끌어올리는 마중물이 책 읽기다. 새로운 가치관이 정립되기 위해서는 끊임없는 노력이 필요하다.

　독서 습관은 자신을 위대함으로 이끄는 최고의 무기이다. 아직까지 이보다 좋은 습관이나 인생의 무기는 없다. 궁극적으로 이 책에서 말하고자 하는 것도 독서 습관이다. 책을 읽는다고 모두가 성공할 순 없다 하더라도 분명한 건, 성공한 삶을 살다간 사람들의 대다수는 훌륭한 독자였다는 사실이다. 우리가 성공을 바라보고 보다 높은 꿈을 꿀 수 있도록 튼튼한 사다리 역할을 해주는 것이 책이고 독서 습관이다.

이 책은 독서법을 알려주는 책이 아니다. 나처럼 따라 하면 너도 나같이 될 거야, 하는 식의 자기계발서도 아니다. 독서의 본질을 말하는 인문학적 교양서이다. 책의 본질, 작가의 본질, 독자의 본질을 정확히 알게 하는 것이 목적이다. 본질을 아는 것이 창의력의 시작이고, 통찰력의 바탕이다. 독서의 본질을 아는 것 또한 책을 읽게 만드는 힘이고, 독서 습관을 배게 하는 최고의 힘이기 때문이다. 추상적으로만 그려왔던 독서의 힘을 제대로 알려주는 역할이 이 책의 목적이다. 책의 본질이 독서의 본질이고, 독서의 본질이 삶의 본질이다. 그래서 책을 읽는다는 것은 삶을 읽는 것과 같다. 삶을 알아야 인생을 잘 살 수 있다. 한 권의 책값은 한 끼 식사 값이지만 책 속에서 얻는 것은 평생의 식사 값이 될 수도 있다. 책의 가치는 가격이나 작가의 이름에 있는 것이 아니라 독자에게 달려 있다.

책 내용 중에는 인용글을 많이 실었다. 그것은 필자의 부족한 이름 대신 훌륭한 인물들의 명성을 빌려 중요성을 더욱 강조하기 위한 것이다. 그리고 독특하다고 생각되는 내용들도 다수 있다. 그것 또한 필자가 일상적으로 하는 생각들임을 다시 말하고 싶다. 그동안 읽어왔던 적지 않은 책들 속에서 배운 개인적인 느낌들이다.

현재에 만족하지 못하는 것은 인간의 본성이자 자신 안에 동물적인 욕망이 있기 때문이다. 꿈이나 목표라는 이름으로 욕망이 포장되기도 한다. 어찌 보면 욕망은 희망이며, 자신을 살아가게 하는 힘인지도 모른다. 책은 그런 희망을 보여주기도 하고, 욕망을 채워주기도 하는 능력이 있다. 어릴 적부터 눈과 귀가 멀어 히스테리적인 증상을 일으킨 헬렌 켈러에게 책은 희망의 빛이 되었다. 600만 명의 유대인을 학살한 히틀러에게 책은 그의 욕망을 채워주는 힘이었다. 히틀러가 진정으로 미치광이였을까? 필자가 아는 한 그는 누구보다도 건강한 육체와 정신을 가지고 있었던 사람이다. 유대인을 미워한 것은 히틀러가 아니라 대중이었다. 다만 그가 그 사실을 이용했을 뿐이라는 것이다. 대학살 기간 동안 극소수는 침묵했으며, 절대 다수는 그에게 개처럼 충성했다. 그는 짧은 삶 동안 누구보다도 많은 책을 읽고 글을 썼다. 이것은 진실이다.

　　고정관념을 깨고 습관을 깨고 굴레를 깨야 한다. 가끔 한 번씩 인생이란 말장난 같다는 생각을 한다. 많은 악이 오히려 선이 되고, 진리 아닌 것이 진리처럼 여겨지는 세상에 살고 있기 때문이다.

이 책의 핵심 단어는 망치이다. 내용의 진위와 책의 좋고 나쁨을 떠나 생각의 한계를 깨는 망치로서의 책이면 족하다. 생각을 깨지 않으면 습관을 깰 수 없고 인생도 변화될 수 없다. 그러기에 『책은 망치다』가 독자들의 생각을 깨는 망치의 역할을 톡톡히 해주기를 바라는 마음 간절하다.